U1007747

微 篇 小 说

时 代 记 录

尚书房

零落星星

陈　敏 · 著

南海出版公司
2020 · 海口

图书在版编目(CIP)数据

零落星星 / 陈敏著 .-- 海口：南海出版公司，
2020.8

ISBN 978-7-5442-8015-0

Ⅰ. ①零… Ⅱ. ①陈… Ⅲ. ①散文集—中国—当代
Ⅳ. ① I267

中国版本图书馆 CIP 数据核字（2019）第 127819 号

LINGLUO XINGXING

零 落 星 星

作　　者 陈 敏

责任编辑 余 靖

装帧设计 马顾本

出版发行 南海出版公司 电话：(0898) 66568511 (出版) (0898) 65350227 (发行)

社　　址 海南省海口市海秀中路 51 号星华大厦五楼 邮编：570206

电子信箱 nhpublishing@163.com

经　　销 新华书店

印　　刷 北京军迪印刷有限责任公司

开　　本 787 毫米 ×1092 毫米 1/16

印　　张 12.75

字　　数 121 千

版　　次 2020 年 8 月第 1 版 2020 年 8 月第 1 次印刷

书　　号 ISBN 978-7-5442-8015-0

定　　价 69.80 元

南海版图书 版权所有 盗版必究

自序

魂　石

在我们村子，人们普遍相信，人有七魂六魄。

小时，常常跟外婆去河里洗衣服，外婆洗大衣服，那些袜子、裹兜、手帕之类的小物件便让我来洗。而我总是未能完整地洗完一件东西。我的小伙伴们总在一旁鼓动我去远一点的深潭摸鱼抓螃蟹。

有一次，我和蓝贞、田小毛上了独木桥。田小毛说，底下水浑，别往下瞅，一瞅就掉下去了。她不提醒倒也罢了，一提醒，我就禁不住地往下瞅，顿时头一轻，“嗡”地一下，一头栽进了河心。好在是枯水季，河水不深。被人搭救上岸，头便昏昏沉沉，回家后愣愣地坐着，一坐就是半天，跟木头人似的。外婆说：“这娃肯定把魂吓丢了。”外婆就拽着我，将我拉到河对岸的董仙婆家，让董仙婆给我收魂。

董仙婆大约九十岁了，她丈夫死得早，八个孩子已经老死了五个，最小的女儿也已成了白发苍苍的老太婆，而她还依然活得很刚强。她独自一人过活，住在一间茅草屋里。茅草屋内很黑，阴森又潮湿，散发着一股霉腥味。

董仙婆将几根筷子交叉着绑在一条长线上，将我按上一块木板，背朝上，叮啷叮啷地敲打，嘴里咕里咕噜地念叨，之后，神秘地对外婆说:"这娃七个魂，把三个吓丢了。"外婆吓得脸色大变，问丢哪里了。董仙婆说："一个丢到高坝店，一个丢到丰阳塔下，还有一个丢到水里了。"

外婆惊恐不已，声音顿时弱了，乞求道："那就请婆婆给我娃把魂收回来吧！"

董仙婆又将我按回木板，翻来覆去地收：用针挑我肩背上贴身的衣服，在我肚皮上泼了凉水后，开始用一个木碗在上面推磨一样地推来磨去。我几乎快要喘不过气了的时候，她才终于停下了手。

董仙婆最后给外婆说："好了，那两个魂已经收回来了，还有一个，走，到水里把最后一个魂给娃捞出来。"我赶快在前面带路。她们俩都是小脚，没我走得快。我们走了很长时间才走到我落水丢魂的地方。

董仙婆确定了准确位置后，开始在水里捞，跟捞鱼似的，她捞出了一个石头，一个白色的石头，圆溜溜的，像小孩儿的头颅。董仙婆朝我喊："娃，快把魂接住，抓牢！"我说："这是石头，不是魂。"董仙婆说："接着石头，就把魂接回来了，快接住。"

我将那个白白的、圆滚滚的石头接过来，抱回家中。

外婆把那颗石头压在我的枕头下。她坚信，我的魂被收回来了。

那颗石头让我心里踏实，不久就有了活力，双目也炯炯有神了。

其实，我有神的目光来自我对一罐蜂蜜的向往。事实上，当董仙婆在忙于给我收魂时，我的眼睛已被她柜台上的一罐蜂蜜吸引了。在那个饥饿的年代，谁的眼睛会放过一罐蜂蜜呢？

我给蓝贞说董仙婆家里藏着一罐蜂蜜。蓝贞的眼睛一下子瞪得圆突突的，说："你咋不早说呢？"很快，田小毛也闻讯赶来了。好几双眼睛全都变成了望远镜，时刻盯着董仙婆的动静，只要她一出门，我们就立即行动，去她家偷吃蜂蜜。

董仙婆是我们村子里最神秘的人物，她耳背，腿有点瘸，独居一个小院子，平日里深居简出，但总有人上门求她治病，因此，她家常常有好吃的，比如蜂蜜，那是我们最惦记的东西。

董仙婆的院门在我们长久的期盼中终于上了锁，是田小毛首先发现的，她说："我们得赶紧行动，翻进去先把蜂蜜吃了再说，免得再晚，她回来了抓我们个现行，明日一大早告到学校，那我们可就惨了。"我说："你少废话，赶快行动呀。"

董仙婆的院墙不高，一翻就翻进去了。她的门虚掩着，一推就溜了进去。屋子里阴暗少光，能闻到一股浓浓的烟灰味。我们四处翻箱倒柜，却怎么也找不到那罐我看见的蜂蜜。蓝贞说："蜂蜜一定被董仙婆念了咒。"田小毛说："不要紧，再找找，到炕洞里找。"

一个沉闷的声音突然从暗处传出，是从土炕那头传来的，像是有人在挪动板凳。董仙婆不是走了吗，怎么会有人？空气中瞬间弥漫着一股诡异的气氛，我们个个吓得眼睛瞪成了鳖蛋。我屏住呼吸，探听声音传来的方向，突然，一阵雄壮有力的"咯咯"声从黑暗处蹿了出来，我们三个同时本能地发出一阵惊叫，即刻看见一只大公鸡毛发耸立，叫着朝我们扑了过来，我们三个抱着头，准备往外逃。

"不就是一只公鸡吗，有什么可怕的？"我嘴上说着，心里却十分恐惧。因为我们都听说过，董仙婆家的公鸡是被她念过咒的，只要啄谁一口，谁就活不成。

我是万不想被公鸡啄的，便第一个冲了出去，谁知竟一头撞进董仙婆的怀里。董仙婆就站在我面前。

"哎哟，娃，我没把你的魂吓丢吧？"我听到一个苍老的声音。那声音倒没吓掉我的魂，却让我有生以来第一次体会到了羞耻。

我扭头跑开，身后传来田小毛、蓝贞急促的脚步声。

我从此再也没见过董仙婆，也不敢见她，确切地说是没脸见她。我时常远远地望她，望着她的小脚沿着弯弯曲曲的小路走过去。

我一年一年长大，外婆也不再求她给我收魂了。我偶尔拿起那块石头想心思。

再后来，步入社会，走在熙熙攘攘的人群中，心，荒凉得如同戈壁。一次次迷失，一次次受挫，我感到我是丢了魂了。于是，择一假日，赶回曾经住过的那间老屋。

外婆已不在人世，董仙婆也早已不在，只有那块象征着我魂魄的石头还安静地躺在窗台上的一个角落里。蒙尘的石头早已辨认不出颜色，可我的心却猛然颤动了一下。

这是我的魂呀！我抱着它，顿觉丢失了的魂突然又回来了。

伴随我整个童年的老柿树、老屋、狼、小河、铁牙老师都一一消失或湮没于岁月的尘埃里了，而它们却不时地出现在我的梦里，或模糊，或清晰。

我写的这些片段文字，是对我永远回不去的故乡和童年的回忆和单纯的思念。

目录

启　蒙

一

那年，我进入人生启蒙期。倒霉的小脑袋上长满了癞疮疤，头被外婆剃成了“光电”。我两手空空地进了教室，还是蹦进去的，显得很没礼貌，也没规矩。

教室里黑压压一片陌生面孔。面孔有老有小，老的大概有十岁了，小的才五六岁的样子。我不知道往哪儿坐，一时待在讲台前，愣愣地站在那里不知所措，像一个被罚站的坏学生。同学们哄堂大笑，有人拍手，有人扮鬼脸，甚至还有人冲我吐唾沫。我第一次感到羞辱，撒腿跳出教室，身后笑声乍起。

一溜烟跑回家，扑在外婆怀里大哭，发誓再也不上学了。外婆好言安慰，只字未提学校。而二姨却在一旁哧哧地笑，还捏着自己的脸蛋儿羞我不中用，说我是门背后的霸王。我受到了双重打击，气得直喘气，抓起地上的一条板凳腿追打她，她撒腿跑开，我一直追到门外。

晚上，外婆主持开了个家庭会议，决定，让我跟着小姨去当旁听生。

有小姨呵护，暂时没人敢欺负我。我坐在小姨身边，发现每个大孩子身边都坐着一个小孩子。他们是大孩子的弟弟或妹妹。大人们忙着给生产队上工，没时间照看孩子，于是便形成“大领小”的风尚。那是大人们传统的智慧。

二

小姨大我六岁，上大队办小学四年级。

教室里很乱，充斥着大孩子打骂小孩子的嘈杂声，几个上了岁数的大女生正把她们妹妹的头摁在腿上捉虱子。我坐在小姨身边，猜测着老师的模样。男的女的？长得漂不漂亮？

正想着，一个又干又瘦的老头一瘸一拐地走了进来。我先看见了他的一只脚。那只脚费了很大的劲才跨过教室很高的门槛。

原来，老师是个瘸子。

老师走上讲台。讲台上没有讲桌。他就站在黑板下，将胳膊肘下夹的书翻开，给学生教念《贫农张大爷》。大概教了十多遍后，老师就不教了，他让学生背诵课文，自己一拐一瘸地在教室里转圈。

一个小孩钻到桌底下尿尿，尿湿了前排同学的鞋。教室里的读书声变成了吵骂声。老师用教鞭狠狠地敲打了几下黑板，于一片喧闹声中宣布放学。

三

学校怎么会是这样子啊？我开始畏惧学校，发誓，这辈子都不进学校的门了。可家里也一样沉闷。

母亲似乎常年住在父亲那里，弟弟妹妹跟他们一起生活。他们回来次数极少，也很少管我。外婆从早到晚坐在纺车前纺线，纺车发出嗡嗡的叫声，单调又乏味。

我缠着外婆教我识字，外婆想了想，说："去，到地里拔几根葱，洗净，放到灶房里，我就教你念书。"

去地里拔葱的路上，我遇见了一只被蜘蛛网网住了的知了，知了吱吱鸣叫，拼命在网中挣扎。我解救了知了。一只大而黑的蚂蚁上到我腿上，被我用力一弹，它就一动不动了，显然，它已经死了。很快，我看见其他的小蚂蚁都围了上来。它们一起拖着大蚂蚁走。那些小蚂蚁很小，身子黄黄的，大概刚从蚁卵里出来不久。这么小的蚂蚁怎么跟人一样呢？竟懂得将大蚂蚁的尸体往家搬。那个被我弹死的大蚂蚁一定是小蚂蚁的什么亲戚吧？会不会是他们的爸爸或妈妈？可怜的蚂蚁是要去哪里呀？它们在越一条小水沟，小小的身躯承载着比它们重得多的重量，这些小精灵怎么这么善良？我突然恨起自己来，恨自己太残忍，不该把那只大蚂蚁弄死。我正沉浸在自责中，突然听到外婆唤我回家的声音。

四

外婆说她要把她在私塾里念的书教给我。她开始教我念书，念她六十多年前念过的书。第一课：

瞿瞿瞿！

唧铃铃！

到处有虫叫，声音很好听。

太难了！那么简单的东西，用字写出来咋就这么麻烦呢？

我让外婆教点儿简单的。外婆让我给她削了根铅笔，又写了第二课：

虾和蟹都生在水里，蟹能上陆，虾不能上陆。

这个也不好写。我让外婆再写一课。

外婆写了第三课：

饭从哪里来的？用米煮的。

米从哪里来的？农民种的。

外婆说，先学这三课，写会了再教新的。

这三课，外婆教了我一遍，我就背过了，但写起来一点

我跟小姨上学去

儿都不简单。我写字总是遗笔掉点，以至于很多年后，所有教我语文的老师都将我称为“白字老女子”。

五

我写了好几天字，才写会了一个“虫”，还是我根据虫子的形状，用线条画出来的，很像我们古老的象形文字“”。

外婆很失望，戳着我的头，说:“你这个死女子，手好笨、好拙，心浑。”我就跟她顶嘴，说：“你还不是死女子变的。没有我这个死女子，哪来你这个死老婆。”外婆就不理我了，但她会在给我梳头时，多拽掉我几根头发，以示惩罚。

晚上，外婆做了些馃子，让我给表哥送点去。

我去了。表哥脸色不好看，把我手里的馃子看了又看，没吱声。我以为他不喜欢我的馃子，就把馃子端走了。表哥看我将端来的馃子又要端走，万分气愤，追上来，抱着我的头，朝我的脸蛋咬了一口。我哇哇大叫，一路哭着回来向外婆告状。外婆训我，说：“你表哥咬了，又不是狗咬了，哭丧呀！”钻心的痛跟我稚嫩的内心一样悲凉。

我抓住机会跟外婆抬杠。外婆显然很生气，总想找个地方把我塞出去。

这一天，我正在地里刨半夏[1]，突然听见有人在后院和外婆说话，就趸摸进去偷看，外婆喊我过去认老师。“老师”

1　半夏，一种植物。——编者注

两字吓了我一跳，正要撒腿跑开，胳膊被外婆一把拽住。我站在老师面前，脸吓得通红。

“快叫老师！”外婆大声朝我喊。我压低嗓门儿，喊了一声“老师”，声音小得连自己都没听见。

老师“噗”地笑了一声，走上前，拉着我的手说：“你呀，真该挨打，手脏得跟掏了老鸦屎似的，一点儿卫生都不讲！”老师就拽着我的手，到水渠边洗了洗，还用她的手帕在我手上和脸上擦了擦，说：“好了，明天来上学，啊！”

老师又跟外婆聊了几句就走了。

我瞬间爱上了老师，爱她的声音、她微笑的脸和她手绢里散发出来的月季花的味道。

六

我小姨所在的那个合堂班进入五年级时分了班，其他学生则继续留着上合堂。那个跛脚老师也随之升入了五年级。

我前一天遇见的女老师在我长久的回目与期盼中进了教室。

老师讲的第一节课是算术课。她教我们阿拉伯数字和汉字数字的对照。这些远比外婆教的繁体字简单得多。一节课下来，尽管我把汉字的“四”写成了“三”底下多出一横，但十个阿拉伯数字我全写对了。老师当场表扬我，还号召全班同学向我学习呢。

第二节课是文体课。老师让男生到操场上打陀螺、跳沙坑，女生在教室里唱歌跳舞。老师将自己的一件印花上衣剪成了好几块头帕，系在我们的头发上，教我们跳《摘花椒》。

竹篮挂树梢，挂呀挂树梢，
小朋友，摘花椒，摘花椒呀，
摘呀摘呀，快快摘呀，心红手又巧，
颗颗粒粒献祖国……

我们又唱又跳，快乐无边。这是我人生中最有意义的一天。晚上到家，心情格外好。在我眼里，外公外婆更慈祥了，二姨更可亲可敬了，连平时欺负我的小姨也显得可爱了。

第二天天刚亮，我就起床，去村东头喊蓝贞、田小毛和我一起上学。我们都希望早一点儿看到老师，听她给我们上课。

七

太阳已经升起很久了，老师还没来，是不是出什么事了？还是老师生病了？我们猴急地趴在窗户上朝外看。

终于，一个干瘦的黑老头进了教室。他告诉我们说，他才是我们真正的老师，那个女老师是个只上过小学的农民，是他生病期间临时请来代课的。她已经在早晨五点钟离开了。黑老头说完，“嘭嘭”地敲了几下脑袋，说：“我今天头有点儿疼，你们都回家吧，放三天假，三天后，回来考试！”

我开始小声啜泣，接着便哇哇地大声号叫，怎么也控制不住。可没有一个人在乎我的哭声。我想，此时，如果那个让我无比喜爱的女老师就在我身边，我一定要将她死死拽住，让她寸步难行。

那个黑瘦的老头咧了一下嘴巴，嘴里立即露出一排黑黄的牙齿。于是，他便获得了一个“铁牙”的外号。

八

铁牙老师走进教室，从后墙壁靠着的扫把里抽出一根粗竹条，用力地扯着枝丫，扯出了一根教鞭。老师用教鞭指着黑板上的“毛”字，便不停息地教我们大声念诵：“毛——”底下学生扯着嗓子跟读，声音巨大，我的脑袋嗡嗡作响。我分不清“毛”和我们家养的那只大灰猫有什么区别，想问却不敢。

我坐在角落里，读不读都一样。我跟着读了几声就不想再读了，于是，我在我的作业本上画了一只猫。我很快就被告发了。老师将我的作业本撕成了两半，还罚我站了一节课。

回家的路上，我心情很不好。认识的和不认识的人都看我的笑话，他们冲我扮鬼脸，一副幸灾乐祸的表情。女同学也自然不愿意跟我同行。我一个人孤独地走在小路上，偷偷抹着泪。

我看见了迎面向我走来的银菊阿姨。平时，都是我主动先给她打招呼的，今天，我心情不好，就决定不理她。心里暗暗想：凭什么总让我先主动跟她说话呢？我朝她冲过去，感觉她像纸人一般，传达给了我一个微笑的表情后一闪就不见了。之后，我记忆全无。

再次醒来时，我躺在外婆的炕上。据银菊阿姨说，我走到她跟前，“哐”的一声倒下，不省人事了，是她将我抱回家的。她和我外婆一直认为我中了什么邪，于是，我外婆就从炕上抽出了几把床铺草，在堂屋里点燃，两人抬着我，将我在火苗上“燎”了一番。

这么一燎，我被燎醒了。那是我有生以来最清晰的一段记忆。从此，我见了人，凡是熟悉的，都会积极走上去打招呼。

九

考试总是有喜有悲，我毫无疑问属于悲剧型。那个铁牙老师出的考题我看不懂，这样，我的卷面很干净，一个字都没写，就交了上去，理直气壮地得了个大鸭蛋。

铁牙老师把卷子递给我，嘿嘿一笑，说："祝贺你赢了个大鸭蛋，拿回家让你家长给你炒着吃吧！"

我把卷子拿回家，压到枕头下，分不清是欢喜还是忧伤，但最终还是以悲剧而告终。

那张画着大鸭蛋的卷子恰好被突然回家的母亲发现了。她像从缸里提腊肉吊子一样，将我一丝不挂地拽出被窝，一顿暴打。母亲说："我本想将你打死的，可看你瘦成一根刺了，就先饶你一回！"

外婆倒没惩罚我，但逢人便讲我得了大鸭蛋，弄得很多人都看不起我，让我很没面子，心想，下次得了鸭蛋，绝不往家里带。后来，我又得过一次鸭蛋，也是可怕的算术，这一次，挨了老师六教鞭，头上起了一个大包。

拿到卷子那天外面正下着雨，河里涨满了浑浊的泥水，我把画有鸭蛋的卷子拧成了鸭蛋形，像扔一颗手榴弹一样狠狠地投进河心，让水冲走了。

那一年我因倒数第一垫底，"光荣"地留了一级，坐到了最后一排。

十

铁牙老师请来了一位贫农王大爷，让他为我们上忆苦思甜课。铁牙老师请贫农王大爷时，王大爷正往地里担牛粪，王大爷说："你看，我的脚腿很脏，上不了讲台，得先去洗洗。”铁牙老师不让他洗，于是，贫农王大爷上讲台时，黑布鞋上还残留着牛粪的痕迹和气味。

贫农王大爷干咳了几声，扯着破锣一般的嗓子，说:“我要点一下名，看看谁没到。”

尽管每个人都在，他也要清查人数。贫农王大爷开始点名。他只认识简单的字，很多学生的名字他叫不上来，铁牙老师就在一旁帮腔。

我很荣幸被贫农王大爷第一个点到，便很响亮地“哦”了一声，贫农王大爷眉毛往上挑了挑，说：“点到你，你就要站起来，答‘到’，不能答‘哦’，知道吗？”

王大爷拖着长长的嗓音，问同学们：“你们都是蜜蜂生的，生在新中国，长在红旗下，是红旗下的蛋，喝着蜂蜜水长大，你们明白吗？”

底下齐声答：“明白！”

贫农王大爷又问：“地主资本家要让我们吃二遍苦，受二茬罪，我们能答应吗？”

底下又齐答：“不答应！”

铁牙老师也有些激动，补充了句：“贫农王大爷虽然脚上有牛粪，但他却比知识分子干净得多，劳动创造财富，你们说是不是？”

“是！”——

“不是！”——

铁牙老师就把说“不是”的同学挑出来，揪上讲台罚站。

十一

我们班年纪最大的同学叫杨去病。除了牙齿出奇的白，他浑身上下全是黑的。杨去病小时候发过高烧，死过三次。最后一次，他爹将他装进笼子里，正要提出去扔掉时，他“哇”地哭了，他爹就将他从笼中掏出来放回到了炕上。

杨去病活了下来。他出奇的矮，却心灵手巧。一张纸到手，他就能用指甲掐出各种图案。他最擅长掐五角星，将掐出的五角星贴得满处都是。他还掐小动物，小猫、小狗、小猪。有一回，他掐了一个小猪，顺便给小猪的额头上戴了一个五角星，不巧被铁牙老师抓住了。铁牙老师说这娃将来一准是个坏苗子，于是，便取消了他的上课资格，让他每天挑水，浇灌校园旁边的那片向日葵。

杨去病第二天就担水浇地。

他个头比水桶高不了多少，两桶水就把他的背压成了一张弓。他的头往前伸着，几乎要被压扁。可他脸上依然挂着笑，洁白的牙齿裸露着，一点儿也不在乎当下的命运。

我和田小毛对铁牙老师产生了憎恨之情。我们俩都想给杨去病报仇。

在我们眼里，蚯蚓是最可怕的东西，如果铁牙老师一脚踩着蚯蚓，他一准儿会被吓着。于是，我和田小毛就到

铁牙老师
毛
毛

地里挖蚯蚓。我俩挖出一条很长很粗的蚯蚓，趁夜色降临时，偷偷放到铁牙老师门外，希望他走出门就一脚踩到蚯蚓并将他吓死。可那天晚上，铁牙老师似乎根本没让蚯蚓吓着。

我和田小毛一大早就去查看，那条蚯蚓躺在铁牙老师门外，成了一条干豇豆般的尸体。

十二

铁牙老师布置了写字作业，千叮咛万嘱咐，第二天要检查，谁不会写，他就收拾谁。

第二天上课，老师让每个学生到黑板上写字。可姜南一个字都没写。铁牙老师就把姜南叫上讲台，大声呵斥："把你骨少肉多的地方转过来！"姜南没听懂，铁牙老师又解释了一遍："把你骨少肉多的屁股转过来，面向黑板。"姜楠就畏畏缩缩地将屁股转了过去。

老师提前准备了一根大棒，朝着姜楠的屁股狠狠抽打。只听得"砰砰"一阵巨响，全班同学全吓傻了，以为这下姜楠的屁股肯定被打残了。结果呢，姜楠看上去一点儿事都没有，安然无恙地站在那里。老师又挥棒打过去，他仍岿然不动。老师奇怪了，伸手去摸他的屁股，发现，姜楠竟在屁股和裤子之间夹了一块厚厚的木板。铁牙老师说："你在我下巴底下支砖头，是不是？"老师咧开嘴巴，牙齿狠狠一咬，提住姜楠的耳朵，将他甩出门外。

姜楠的耳朵就被铁牙老师拽烂了。他的屁股下面从此再也没夹过木板。被捉弄的铁牙老师从此不打学生的屁股了，改为打手。

十三

铁牙老师从文化馆请来了一位画家教我们画画。画家说需要一个模特，没有模特，他就画不好。铁牙老师搬了个凳子，往讲台上一坐，说："就照着我画！"画家就让我们也跟着他一起画铁牙老师。铁牙老师说谁画得不像，就不许下课。

我们重复画了几次，许多人都不会画，有的勉强画出来了，但画的人都跟鬼一样龇牙咧嘴。铁牙老师很不满意。但那个画家画得还是有模有样的，我们都围上来，羡慕地看着画家画铁牙老师。最后，画家认为画得很像了，可铁牙老师还是不满意，铁牙老师说："要画出我的内心情感，比如，我这会儿在想什么？"

老师在想什么？教室里一片议论声。有人说老师这会儿肯定想回家吃饭，我们肚子都饿了，他肯定也饿了；有人说老师这会儿在想他媳妇，他媳妇前几天刚给他生了个娃娃。底下一片嘀咕声：那是他装在脑子里的东西，怎么能画得出来呢？过了一会儿，老师眼睛一瞪，说："我啥也没想，脑子里充满了空气，知道不？”

——知道！

以后的课堂上，老师每次让大家思考问题时，我们都有了统一的答案：此时，我什么也没想，脑子里充满了空气。

老师虽很生气，但也没有过分批评我们。

那个画家几天后又来教我们画画。这一次是画皮球。老师把一个皮球往桌子上一放，让我们模仿，画得越像，成绩就越高。

我们都认真地画着，但还是画不像。我拼出全身力气，终也没有将那个球画圆。

作业最后交了上去。老师没有给我打分，但还是点评了一下，评语是：“你画得像个鬼！”

从此，我体内的艺术细胞消失殆尽。

十四

大人们尽管都不愿意承认苏联会给我们放原子弹，但一些青壮年男子还是被组织起来挖防空洞。生产队长略会写字，他要求铁牙老师给全村妇女儿童教俄语。

我们小学生天天晚上跟着一大帮妇女去大队公房学俄语。其实，铁牙老师也不懂俄语，但天天晚上在队长的监督下按时来到公房，教我们俄语。他只教我们两个单句，那是他从一部外国电影里学来的。

铁牙老师说，他曾看过几部苏联反法西斯战争的影片，就记住了里面的两句俄语。但他不会写，只会念。大伙儿都羡慕不已，夸铁牙老师脑瓜子灵。他精神为之一振，扯着粗大嗓门儿，喊："德瓦离西，古理节！"

他见大家声音大，学得认真，心中越发得意，大吼一声"巴拉儿股杀气（投降）"，并将双手举向空中，做了个投降的姿势。

队长很不喜欢铁牙老师这一投降的动作，就当场批评了他，还取消了他教俄语的资格。

铁牙老师不教我们俄语的消息让我们无比振奋，那晚，我们都有些幸灾乐祸，疯狂地玩，很晚才决定回家。

天上没有月亮，却有繁星，密密麻麻的，不时有流星从空中坠落。那是我后来才知道的名称，知道流星是由四氧化三铁构成的陨石。那时，人们把流星坠落叫星星拉屎。星星拉下的屎落在地上就成了一块黑炭。据大人们说，星星的屎落在哪里，哪里就会发生火灾，落到谁家的房屋上，谁家的房屋就要着火。看见星星拉屎，就要狠狠地朝天空啐几口唾沫，那是大人们的要求。他们有共同的观念，星星拉屎不吉祥，啐一口唾沫就能辟邪。

十五

铁牙老师又带我们去画一名刚刚走出监狱的"右派"。

“右派”家里很凌乱，几个竹筐横七竖八，堆满了整个屋子。他愁容满面，对我们这些不速之客的到来很反感，听说要画他，更是不耐烦，但却敢怒不敢言。

我们都不知道铁牙老师为什么那么凶，他朝“右派”一声呵斥，“右派”就一屁股蹲在身边的一个木墩上。他极不情愿地停下忙碌的手，坐正身子让我们画。他脸上的愤怒与憎恨交织着，让他的脸看上去很扭曲。黑暗的屋子，我老远都能看见他两只眼睛里射出的两道黄色的光。

我生怕被他记住，哪天找机会报复我，于是，在以后的日子里，每次碰面，我都不敢抬头看他。一次，放学回家的路上，我看见他脱光了上衣，正在和一头公牛搏斗，他和公牛四目相对，两只粗壮的胳膊撑着牛的两只犄角。牛撑起四蹄，鼻孔里“噗噗”地喷着热气，他的嘴里也喷着气。周围围着一大圈人为他助威加油。那头牛在拼命的对抗中最终被他摔倒在地。牛四蹄朝天，半天都没能翻过来。周围一片欢腾。人们纷纷给“右派”竖大拇指，夸他是大力士。“右派”擦了擦额头上的汗，扭头离开。

自那以后，没有人再敢小看他，也没有人再敢欺负他，更没有人敢喊他“右派”了。铁牙老师再也没有带我们去画过他。

十六

我那时的作业总是写不正确，常常从家里带点炒豌豆讨好学习好的人，将他们的作业借来一抄，少不了被老师抓住又打又骂。后来，我找了个秘诀：躲在厕所里抄。这样，就不会被老师发现了。

这一招让我避免了多次被抓的危险。

可是，有一天，我正在厕所里抄算术，铁牙老师的女儿进来了。她也来上厕所。她和她爹一样，也长着一嘴黑牙，眼睛小，脸又黄又黑，面部扁平。她蹲在尿槽上边尿边朝我笑，说："你学习好用功呀，连拉屎尿尿都没忘记学习！"我瞪了她一眼，没睬她，继续抄。铁牙的女儿尿完尿出去了。我灵机一动，想着她一准儿会给她爹告状，就赶紧出去，从口袋里掏出一把炒豌豆给她。她接了豌豆，冲我笑了笑，便没有向她爹告状。

迷　惑

十七

我放学路过队长王五合门口时，听见他正在训斥他的儿子：“我告诉你，我吃过的盐比你吃过的饭多，你想和我当年一样在学校出风头，成为有学问的人，还得再吃点儿盐，补补你的大脑！”听了这话，我立即悟出了点儿道理：原来吃盐多的人才能有学问呀！

回家后，我立即跑进厨房，从盐罐子里挖了一勺盐，倒进嘴里，边吃边想：等会儿我就有学问了。我多么希望自己有学问，能在学校里得到老师的表扬，将来长大了，也像王五合那样，穿皮袄，戴皮帽，镶金牙，见人笑。

可盐的味道简直难吃极了，又苦又涩，我就从桶里舀了一瓢冷水，头一扬，脖子一伸，“咕咚”一声咽了下去。

第二天，我去了学校，骄傲地端坐在座位上，同桌田小毛跟我说话，我都没理她。我在想我什么时候才能有学问。

不过我发现，有几道算术题我依然不会做。我的学问一点儿都没长进。

十八

我写字的速度从没快过，而铁牙老师又偏偏给我们出了一道很难的题。他给我们每人发了一本很古老的书，将我们班二十个同学按人数分成五人一组，共四组。他让我们从前往后抄书，抄多少并没规定，而第二天的作业检查却非常严厉，谁抄的进度落到组内最后一名，谁就得挨打，被打手或罚站。

我每晚都写，但总是写不到人前头去，第二天检查时，我永远都是组里的最后一名。文小婵，我们班的班花恰好和我分到一组，她不仅长得好，字也写得快，她永远都是组里的冠军，一直以来，我永远都是她嘲笑的对象。

有一夜，我极不服气，门也没出，觉也没睡，在煤油灯下拼命地抄，边抄边想，这次，我一定要超过文小婵，一定让她当一次“落后分子”。外婆并没有让我坚持多久，她不想让灯点得过长，那样会浪费煤油，那时的煤油时常限购。不过我很自信，相信我绝对当不了最后一名。

一早，我愉快地走进教室，得意地将作业交了上去，还好，我得了第二名，那个嘲笑我的文小婵果真如我所料，排到了最后一名。此时，我的心“咚咚”地跳，别提多激动了，我终于能看到她被罚了。文小婵啊文小婵，原来你也有今天啊！我心里说。然而，铁牙老师在文小婵极不愿意张开的手掌上轻轻地象征性地拍了两下，远不像打我那样狠，让我无限迷惑、无限失落。

十九

田小毛从她爹的书箱里偷出了一本《白蛇传》小人书，正准备看，就让我先抢了过来。田小毛说她只感兴趣于书里面的两个娘子。田小毛说她将来一定要长成白娘子那样的人。我说，那我就长成小青那样的人。于是，上课时，我们便掏出书来翻看里面的图画，幻想着自己就是白娘子和小青。

一只骨瘦如柴的手突然从后面伸了过来，老鹰抓小鸡似的把书抓走了。毫无疑问，那是铁牙老师的手。他说我们看的是“毒草”，手一扬，从窗户将书扔出，《白蛇传》像一只白鸽子，落到了不远处门楼的屋脊上，全班同学跟着起哄，欢笑，敲桌子。回家后，我问外公什么叫“毒草”。外公说毒草是牛鬼蛇神。

我更加迷惑了。

二十

我小姨上学的时候，成绩一点儿都不好，但恋爱却很早。她爱上了放牛娃张大力，张大力有个很难听的小名：锤锤。

我小姨有一次到地里割谷子时被一头受惊的老黄牛追赶，眼看就要抵上来时，锤锤迎面扑上去，双手抓住牛的两只角，挡住了牛。我小姨坚信是锤锤救了她的命，便死心塌地爱上了锤锤。她时常把家里能吃的东西偷出去，送给锤锤吃。

我小姨还偷偷跟锤锤一起看电影，趁电影放到紧要关头，就溜进附近的玉米地里亲热。那时很多男女都在看电影的时候，钻进玉米地里谈恋爱，一部同样的电影，都看过几年了，可恋爱才刚刚开始，它远比电影新鲜。

外婆和外公竭力反对小姨跟锤锤谈恋爱。我外婆很气愤，警告我小姨，说再跟锤锤跑就打断她的腿。我小姨委屈地哭了好几天后，留了一封绝命书就不见了。

我赶快就去找铁牙老师，铁牙老师就去找队长，队长又找会计，那绝命书上写着：我要上山喂狼呀！铁牙老师吓得不得了，命令全校同学打着松树油亮子做成的火把满山寻找。我外公也提着马灯叫了几嗓子，只有我外婆很冷静，外婆说她要是死了，我早就为她羞死了。

我小姨果真没死，她坐在一棵山楂树下，树下有个坑，

小婕的早恋

坑里有厚厚的落叶，很适合谈恋爱。

外婆罚我小姨天天早晚各提一次尿罐子。我小姨心里很不服气，一大早一边提着尿罐子往茅厕走一边嘟嘟囔囔抱怨，并将那个全家人夜里用的尿罐子踢出了一个窟窿。

我也一直不清楚小姨为何如此喜欢锤锤。

二十一

雨天的时候，我外公最爱一个人蹲在门口抽烟。他有一根长长的烟袋，烟袋下面吊着一个明晃晃的铜钱。外公说这铜钱叫“罗汉钱”，是个宝贝。

我不知道什么叫宝贝，只是感觉“宝贝”这个东西应该很值钱，能换很多馒头吃。

有一天，我和小姨在后面山上找知了壳，山上堆了很多木料，是“破四旧”时从庙上拆下来的。我在木料旁边找知了壳的时候，看到了一条皮绳子，我用手使劲一拽，竟拽出了一串大大小小的铜钱，一共五个。上面的字都是繁体的，我也大都不认识，只认得上面的一个“十”字。我立即感觉到，我可能是找到宝贝了。

小姨说：“这东西叫麻钱，小孩子拿了脸上会长麻子，快给我。”我知道她是想把宝贝骗走，赶紧就往家里跑。我把它们压在水缸旁边的石头底下。

午饭时，外公回来了，我小姨立即凑上去给我外公嘀咕了一番。我隐约感觉到我的宝贝藏不住了。果然，外公让我把宝贝交出来。我磨磨蹭蹭走到水缸旁边，极不情愿地取出了那串铜钱。

我外公理直气壮地将那串宝贝装进自己的口袋。我真不明白，大人为什么如此霸气？

改　变

二十二

一年后，学校来了个丁老师。他擅长养蚕，在他的房子里养了很多蚕。他经常让我们到山上采桑叶，谁交的桑叶多，他就表扬谁。

为了能得到更多的表扬，我每天把我们家门口的大桑树上的叶子采来，交给老师，还帮老师喂蚕。丁老师很高兴，以后搞大扫除时就特许我去采桑叶。

我们在老师的带领下，吃忆苦饭。那是豆渣和野菜的混合物，食堂的师傅怕孩子们吃不下，便放了一点儿盐，还特意蒸了一锅红薯。师傅说，先吃了忆苦饭再分给红薯，谁不把碗里的饭吃完，就不分给红薯。一些女生吃了几口就开始呕吐，我觉得味道还凑合，吃了两碗。丁老师就表扬

会养蚕的丁老师

了我。

丁老师还教我们唱儿歌：

拉西豆，拉西豆，
发面的馒头，
玉米稀饭咸菜疙瘩，窝窝心头，
你要吃锅里有，你要拿烫你手，
你要不吃远远地走……

二十三

丁老师给我们讲卫生课。老师说生水不能喝，因为里面有很多细菌，说后将一个葫芦瓢往水桶里一伸，舀出一瓢水，给我们做实验。他指着瓢里面的小气泡说:“看见没有，那些泡泡就是细菌。”后来很长一段时间，我喝汽水时总是觉得喝了一肚子的细菌。

丁老师还组织我们跑比赛。他用绳子将村子里的一条土路一栏，再用白石灰画出三道线，就算是跑道了。然后把我们男女分成好几个组，嘴里喊着:“各就位——预备——叭——”

丁老师第一次给我们上作文课。他让我们随便写，写父母，写兄弟姐妹，也可以写家里的猪狗牛羊。丁老师说每人都必须写，班长要起带头作用。

班长王大洋果真起了带头作用。

他的作文如下：

说起父母，我最记得的就是打。饭吃多了，打！不吃饭了，打！天黑睡得太早了，打！睡晚了，打！和同学吵架了，打！被同学打了，打！

被打的时候，不跑，他们骂，说，没出息，笨，然后，继续打；跑了，他们说："你等着，除非别回来，回来了就扭断你的脚脖子！"回来了，打得更狂了。

他们打头，打脸，打肚子，打屁股，还拽耳朵……

唉，不写了，再写，我的眼泪就流下来了！

丁老师给班长的评语是：深表同情！你是铁打的，你爹是打铁的！

班长王大洋说，他爹是养牛的，不是打铁的。

二十四

丁老师说："天上不会掉馅饼的，即使掉下来了，你也没有狗跑得快。"我不信，一回家就做实验。当然，用的不是馅饼，是一个煮熟的土豆。那是困难岁月，馅饼是啥样的我们都没见过。

我和我家老狗站在同一起跑线上，将土豆掷向远处，和狗一同跑去抢，结果发现，老师的话完全正确，我的确没跑过老狗，那块象征着馅饼的土豆让狗先抢到了。

我更加佩服丁老师了。

二十五

春天的一个周末，丁老师带我们去烈士陵园给烈士们献野花，又听了陈玉兰她爹讲烈士们的故事。陈玉兰她爹是守墓的残疾军人，他们一大家子就住在陵园隔壁的三间白房子里。

陈玉兰她爹和董存瑞是同一班的战友，董存瑞炸碉堡的英勇事迹他亲眼所见。他每年清明节前后都要给来自四面八方的同学讲董存瑞。陈玉兰她爹说，董存瑞炸掉碉堡时，他和战友们都听见了那声巨响，他们都朝有响声的方向看：碉堡塌了，一股浓烟带着血珠一起冲上天空，又纷纷落下，跟雨点似的。陈玉兰她爹每讲一次，都要落一次泪，我们也跟着掉泪。

陈玉兰和她的弟弟妹妹们天天都在陵园墓地里玩，墓堆上面的土已经被他们溜得光溜溜的，只有一个个墓碑耸立在那里。我纳闷，问陈玉兰在墓堆上溜来溜去，怕不怕？陈玉兰说埋在烈士陵园里的人都是英雄，英雄没有鬼魂，有鬼魂也是红鬼魂，不祸害人的鬼魂。

我以为人民英雄纪念碑下面就是烈士的身体，还为他们担心，压在这么重的石碑下，又这么黑，肯定很难受，竟开始在自己身上做实验：晚上睡觉时故意用被子蒙着头，使劲憋气，想着死后的情景，直憋得满脸铁青，不得不换气时才停下来。我感到死亡是一件极其难受的事。

二十六

六婆家的三舅舅要结婚了，外婆要去吃席，提前一天就开始做准备。我很想和她去吃席，吃八大碗，头一天下午跟丁老师请假说："老师，我明天肚子痛，所以要请一天假。"丁老师瞬间就识破了我的诡计。他不仅没准假，还当着全班同学的面把我当成笑柄奚落。我的心灵受到了莫大的伤害。当天，我在黑板上写下了一首诗，还根据诗意画了一个"丁老头"的画像。

一个丁老头，
欠我两个蛋，
我说三天还，
他说四天还，
还不还，我仍有一个蛋。

买了三根葱，
找了三毛三，

那一天，

我在家里炒豆豆，

敌人把我包围了，

我吃了一颗药，

长出两只脚，

喝了两瓶酒，

长出两只手，

一个画像出现在黑板上。

我给他取名为：

丁老头。

表　现

二十七

不久，学校又调来了一位女老师，熊老师。熊老师留着很独特的发型。她将辫子剪短至颈部，用织毛衣的竹针把头发从中间向两边分开，画线分出刘海儿，再用尺子画一道整整齐齐的横线，剪刀沿横线剪过，刘海儿便齐刷刷挂在脑门儿上。接下来将一分为二的头发，一遍遍分别梳至头顶，最后用橡皮筋将头发紧紧箍成两把坚挺的“刷子”，再把“刷子”底部剪齐，形成一个“红卫兵头”。

据说，熊老师去过北京天安门，回来时，带回来了一个全新的发型，显得“英姿飒爽”。那种发型已经流行全国了，村里的年轻女子和学校里的女生纷纷模仿，不几天，所有的女同学都将自己的脑袋变成了“红卫兵头”。田小毛的姐姐田大毛也留了个“红卫兵头”，不过，给她剪发的人手艺差，一剪子下去，就将田大毛的头削得面目全非，跟个尿桶盖似的，大家就给她取了个“尿桶盖”的绰号。

以后，任何人，只要理了头发，都要被唤好几天的“尿桶盖”。

熊老师天天让我们唱《学习雷锋好榜样》，教我们立志，雷锋干啥我干啥。以至于我们一看到老奶奶过河，就希望她掉到水里然后去捞；看到比自己年纪小的孩子，就恨不得他马上迷路，好送他回家；看到农民伯伯拉着架子车，就盼着它陷入泥坑，那样就可以上去跟同学们一道把它推出来。熊老师还叮嘱我们说：“当那些受助者问你们名字时，你们要扑闪着大眼睛，回答，‘不要问我的名字，我叫红领巾。’”

可令人失望的是，那些我们帮助过的人从不问我们的名字。

老师还说，每个人每周必须做够十件以上的好事，才有资格加入少先队，戴红领巾，给红旗敬礼。她的话特有诱惑力，我们被她的话激励着，天天拼命去做好事。

我有一次偷了些火柴，送给了侯家村的一个孤寡老人。老人一激动，便将那事说了出去。我满以为这下我可以得到表扬了。可遗憾得很，老师并没有表扬我，因为我是偷的火柴。

每人做十件好事

二十八

熊老师还教育我们说，不要总是为了做好事而做好事，其实身边到处都有做好事的机会，比如，农民刚种上的树苗倒了，要帮人家扶起来，谁家里牛跑了，就要帮着大家一起去找，这种好事做了都能算数。有一天中午放学，我和田小毛一起回家，半路上突然看见一辆农民拉东西用的架子车两轮朝天，翻在了路边上，而拉车的人却不见踪影。

我和田小毛商量，说："拉车的人肯定一个人抬不动，找人帮忙去了，咱俩帮他把车子翻过来吧，这不是帮人做成一件巨大的好事吗？"于是我们就动起手抬架子车。车太重，我们两个人根本抬不动，后来我们又叫来了两个男同学，才把车子成功地翻了过来。那天中午，我们因为做了这件好事而特别开心。

下午上学的时候，我和田小毛发现架子车依然留在原地，两个轮子朝天，又一次翻了过来。我和田小毛都很纳闷，我们中午不是把它翻过来了吗？难道是有人蓄意搞破坏？正当我们准备找人再一次把它翻过来的时候，远处一个老头儿边喊边跑了过来，我们一看，居然是丁老师。原来是车轴坏了，他去找扳手了，回来一看，车子却被人翻了过来。他费了老鼻子劲才把车子翻过去，又找来了扳手，却看到我们几个又想把车子翻过来，心里能不急吗？

丁老师并没有批评我们，只是叮嘱我们说：“你们做事情的出发点是好的，只是别用好心帮了倒忙。上课去吧！”我问丁老师：“我和田小毛是不是好心做了驴肝肺？”丁老师白了我一眼，吼道:“咋用词呢，我是驴肝肺吗?滚回学校，好好学习去！”

二十九

我们一大早就在劳改窑前集合。据说那里经常有坏人搞破坏。我们一心想抓住一个。刚到，就看见里面有几个人在搬砖头。他们被称为劳教分子。窑外站立着两个高个子门警,门警眼睛一动不动,瞅都没瞅我们一眼。我和田小毛、蓝贞、秦牛放慢脚步，想从他们身边擦肩而过，这样会显得懂事而有礼貌。但我们还是被他们抓住了。一个门警二话没说就把我们几个扔了出来。没办法，我们只好从旁边的土坡上绕过去。

爬了两座小山，突然看见了树林中的一个防空洞。秦牛胆子一向比较大，他在前面带路，我和田小毛、蓝贞跟在后面。还没走多远，秦牛转过身，一脸严肃地命令我们立即撤退，他说问题严重，发现敌情了，里面有阶级敌人搞破坏，让我和田小毛赶快去报告那两个门警，他和蓝贞守在洞口堵住坏人。

我和田小毛以百米冲刺的速度冲到山脚下的劳改窑，向一个高个子门警报告紧急情况，门警听到我们的报告，两眼一瞪，把背上的枪往上一掀，命令我和田小毛带路。我们跑得直喘气，一口气跑到洞口。秦牛依然守在那里。高个子门警匆匆进了洞，又很快出来了。他怒气冲冲地朝我们大喊一声："几个四类分子在里面劳动，他们本来就是坏人，不用你们抓！"他朝秦牛的屁股上踢了一脚，出了洞，扬长而去。

三十

熊老师有一天唤蓝贞、田小毛和我到她房间，她问我们想不想加入少先队。我们仨齐声答："想！"于是熊老师就分给了我们一项任务：为她洗衣服。

老师将她的脏衣服分为三类，上衣，裤子，内裤、袜子、鞋。老师说："你们按年龄分，大的洗大件，小的洗小件。"

在所有衣服中，最难洗的要算内裤、袜子、鞋。我的年龄恰恰排到第三类。那会儿，我倒特别羡慕起她们的年龄了。

河里流水清澈，可我怎么都洗不净老师的鞋。老师的胶底布鞋的内侧怎么都洗不白。她每次都要对我洗过的鞋子进行严格检查，往往洗三次都无法合格。有一回河里涨了水，一只鞋让水冲跑了，没撵着，吓得我哇哇地哭，提着一只鞋走向她的小屋，她见我哭成了泪疙瘩，没吱声，抓起那只剩下的鞋，啪的一声，摔进了不远处的玉米地里，说：“没用的女子，给你换了差事，今晚跟我睡觉，给我暖脚！”

我每晚天一黑就开始睡下，给她暖被窝，其实就是给她暖脚，老师的脚总是冰凉冰凉的，跟夏天的井水一样。我不想睡得那么早，想出去玩，可老师不同意。我抱着她的双脚，感觉潮湿、冰冷，倒也不臭。有时，我翻过身睡着了，她的脚就顶在我的后背上，这时，她便用脚指头戳我的背，一边嘀咕：“这死女子瘦得像麻子蜂，怪硌人的。”

不久，老师就取消了我给她暖脚的资格，换上了田小毛。她说田小毛胖得像小猪獾，睡在脚下，像棉花包，真暖和。

三十一

暑假的一天，外婆和外公在地里干活，我和小姨在家做饭，突然听见门外传来一阵欢声笑语。我跑出去一看，原来是李金钊回来了。

李金钊是和我们一起长大的小伙伴，大约两年前，在外地上班的父母将他接了去，他就从一个农村娃变成了城里娃。今天，他和父母一起回来了，于是，整个暑假，大人和大人聊天，小孩跟小孩玩。

李金钊去了城里，回来后一切都变了样。他穿着一身格子衣裳，背了个蓝色的书包。更与众不同的是，他的胳膊上还别了一块方形的硬纸片片，白色的底子，上面印着一条红杠杠。他指着那条红杠杠说，那是少先队小队长的标志，在他们学校，一个小队的孩子都必须听他的，官大得很哪！一听他在他们学校当了官，我们都纷纷表示，愿意听他指挥。

李金钊很高兴，他指着村东头那座最高的山，说："今天，我们的目标是午饭前，爬到那座山的山顶上去，在那里我们打野兔吃。"于是我们大家一哄而上，向那座山出发。

我们走过了好几道沟，经过了我们拔猪草的地方、挖山药的地方，但离那座山还有很远很远的距离。于是我说："咱们不上那座山了，我外公说那山上有野猪。"李金钊听后想了想说："那我们到那座蓝色的小山上去吧。"于是大家继续向前行进。

又走了很久，还是走不到那座小山跟前。我们都饿了，李金钊也饿了，就派我们去找吃的，可是荒山野岭，除了野草、野菜，什么吃的都找不到。而野菜也不能生吃啊。没有办法，我们只好开始往回走。好在山里的孩子都迷不了路，太阳快落山的时候，我们碰见了村里当民兵的舅爷，他正准备进山找我们呢。一出沟口，叫喊声此起彼伏。那是大人们呼唤孩子回家的声音。

我们几个都挨了打，哭喊声回荡在村子的上空。但最伤心的恐怕还是李金钊，他胳膊上戴的红杠杠丢了。

神 伤

三十二

学校掀起了第三次“除四害、讲卫生”爱国卫生运动。“四害”，指的是麻雀、苍蝇、蚊子、老鼠，其中又以打麻雀、老鼠声势最为浩大。那个运动本来早就过去了，可生产队来了一个工作组干部。那干部又在我们学校发起了一场“灭四害”的革命。我们都忽略了他的姓名，直接喊他“四害”。

大小学生用弹弓、笼子、网，以及敲击脸盆制造的噪声去围剿麻雀。其他的鸟儿也受到株连。我们家屋檐下的燕子被误打了好几只。鸟儿除了被打死外，吓死或累死的也不少。

那个干部要男生每天交两只麻雀，女生每天交几十只苍蝇，说交苍蝇就是表示自己为祖国卫生事业作贡献……

我和蓝贞、田小毛在上学路上手里也时刻紧攥着一只自制的苍蝇拍，不走大道，专挑污水横流的小路，哪里臭就往哪里奔，并发动一切可以发动的力量。

田小毛的哥哥厉害得让我们羡慕，他身怀绝招，能用筷子夹住空中飞舞的苍蝇和蚊子，吃饭时总不忘表演给大家看。我们都学他的样子，用筷子夹苍蝇、蚊子，但我们往往都夹不住。田小毛吃饭时练习用筷子夹苍蝇，打碎了一个饭碗，她妈妈便将她拉到猪圈里打并向她宣告，从今往后，她吃饭时和猪合用一个猪食槽。

三十三

下雪的日子，鸟儿离开小树林，来到了人家的屋檐下。我们家的屋檐下躲藏了成百只麻雀，那与屋檐下不远处的两副石磨有关。我们家有一副从清朝传下来的石磨和另外一副新凿的石磨，两副石磨紧挨着，村里人几乎每天都来借用我家的石磨推麦子、玉米和各种杂粮面粉，石磨天天转动着，吸引了众多的麻雀。它们呆头呆脑，眼睛和翅膀都格外灵活，随时出击，趁人不备，飞到石磨上大啄面粉，看到有人惊动又扑棱一声飞到原处躲藏起来。推磨人往往拿麻雀没主意。

而有了老师的鼓动，麻雀成了四害之一，大人小孩都制作出各种打麻雀的弹弓，有不少麻雀被打死，受伤的麻雀啾啾着，扑棱棱飞去，发出惊恐的叫声，在雪地上留下点点殷红的血迹。

有一天，一个叫赢的男人把几只打死的麻雀拿回家，拔毛后放在砂罐炖了来吃，宣称味道好极了。那样一来，很多小孩子都模仿他，吃起了麻雀。他们用自制的鸟枪打麻雀，一只只被击中的麻雀栽在雪地里，羽毛在空中纷纷扬扬，血迹一摊一摊，抹红了干净的白雪。那个冬天过后，麻雀几乎看不见了，它们一半被打死，一半被吓跑了。

那些打鸟的人，他们不知道，我和蓝贞、田小毛已在心里将他们打死了一千遍，一万遍。

三十四

我终于光荣地加入了少先队，和姜楠、田小毛以及其他几个高年级同学一起被老师拉到红旗下宣誓。那场面威严凝重。区教育组的领导们来了好几个。他们把红领巾系在我们脖子上，然后，一位领导庄严地说："红领巾是红旗的一角，是用烈士的鲜血染红的，你们知道吗？"

"知道！"应答声异常响亮，其实我们什么都不知道。

鲜艳的红旗挡住了我们的脸，我们仰望着红旗无限自豪并流下了热泪。

我当时以为，红领巾就是从红旗上割下来的，而且还以为每一条红领巾都是真的用烈士的鲜血染成的，心里纳闷：这得用多少烈士的鲜血……

回家的路上，我看见从城里卖柴回来的冯小满。他用卖了一个春天的柴钱买了一个毛主席塑像，用绳子拴着绑在扁担上，蹦蹦跶跶往回走，乐得嘴都有点儿合不拢。几个背枪的民兵截住他，围上来查看，顿时愣住：冯小满不想活了，居然把毛爷爷给绑了，绑在他的扁担上！

围观人群在短暂的不知所措之后，不约而同地扑了过去，对着冯小满拳打脚踢，扯耳朵拽领口。

没有反抗，没有喊叫，冯小满变成了众多民兵练习拳脚的沙袋。鼻青脸肿的冯小满浑身是土，头发蓬乱，鼻血流了一地。

我被那一幕着实吓得丢了魂，当晚发起了高烧，说了一夜梦话。我梦见冯小满变成了一个烈士，我的红领巾是他的血染红的。

三十五

我们校园外不远处有一个月亮池，据说是清朝时建的，形状像月牙。池子周围长着一些绿绿的植物。夏天的时候，老师组织我们大扫除，我们就从月亮池里打水，一边洗刷桌凳，一边把树叶卷成勺子状舀桶里的水喝。水拔凉拔凉的，带着一股土腥味。谢老三还把从家里偷来的一点儿糖精放进水里，那桶水立即就成了“汽水”。大家一哄而上，抢着喝“汽水”。

哄闹中听见有人说，熊老师的一个水杯掉进了池里，大家纷纷表现，跳下水去捞杯子。熊老师命令水性好的人先下水。第一个下水的是王虎，他水性好，能在水里憋气五分钟。可他捞了半天没捞上来。老师又命令姜楠下水捞，姜楠也没捞出来。老师骂他们俩不中用。最后，很多同学都下了水，他们都没捞上来。我实在有点儿看不惯他们的娇气，便一头扎进水底，一把就将水杯捞了上来。要知道，我从小在金钱河边长大，水性好极了。

接下来的情景是我没想到的。熊老师丝毫没有表扬我，她将一只白手在空中一挥，说："好了，都进教室！"其他同学怏怏地，很不情愿地往教室走。

我全身湿漉漉的，刚踏进门，头上身上便挨了好几弹弓。男生们手举弹弓，向我"万箭齐发"。我疼得哇哇叫，一头撞出去，撞进了熊老师怀里。

熊老师用教鞭狠狠地敲打黑板，提醒大家安静。

我纳闷了一节课，想着，我做了好事，不仅老师没表扬，同学也将我当成活靶子打。

最终，我同桌贺发顺告诉了我实情。他说："大家都想多在水里待一会儿，那样就不用上课了，可你倒好，一把就把杯子捞上来了，害得大家都得来上课，大家不打你打谁？"

我第一次尝到了枪打出头鸟的滋味。

三十六

学校旁边的代销点里偶尔零售一种蜜枣，是那种黑黑的黏黏的糖枣。只要路过那里，我的腿就软下来了，磨叽着，很难挪动步伐，有时，腿往前走了，眼里的余光全飘进了那扇黝黑的门。

经营代销点的是个长相很丑的女人。她满脸雀斑，鼻子塌陷，一头枯黄的头发总是乱蓬蓬的。我和田小毛都想不通，那么好吃的蜜枣，怎么能让这样的人来经营。不过，她对待我们的态度倒是蛮好的，有时，我们给她一分钱，她就给我们三颗半枣。她很细心地用小刀将枣从中间分开，一半给我们，另一半原封不动地收回去，那是国家的财产，她是万不可随便吃的。

我和田小毛只要能弄到一分钱，第一个想到的地方必定是代销点。那三颗半枣足以让我们的嘴巴甜蜜半天。一直以来，我认为世界上最好吃的东西应该是蜜枣。

有一次，田小毛告诉了我一个天大的好消息：她捡到了五分钱，可以买一大包蜜枣了。我们立即奔向代销点，可那个胖女人说枣已经卖完了。

可以想象我和田小毛是多么失落。很不情愿地走进教室，老师偏偏布置了一道名为“我的理想”的作文。我毫不犹豫地在作文中写道：我最大的理想是开个代销点，卖蜜枣。

老师当着全班同学的面，批评我理想不够远大，是猫娃吃糨糊，专在嘴巴上打交道，还把我的作文本打了回来，让我重写。很多同学咯咯咯地朝我笑。田小毛看情形不对，立即在她的作文本上写道：我最大的理想是当《龙江颂》里的江水英。老师眯着眼，说："这个理想过于庞大，你可能实现不了！"全班同学又咯咯咯，朝田小毛大笑。

我们都不知道我们的理想到底是什么。

三十七

田小毛上学时带来了她的表妹，刘妞妞。刘妞妞是个大眼睛女孩，不爱多说话，上课时，多半时间都趴在桌子上睡觉。

刘妞妞一来就独自坐在最后一排，据说她患了一种病，一种名叫"胃溃疡"的传染病，是她爹传染给他的。他爹刚去世，她太想他了。据她说，刚死的人都没走远，在睡梦中就能见到。所以，她想她爹的时候就闭着眼睛睡觉，一睡着，就能看见爹。她的话怪瘆人的，以至于我们见到她时，都很矛盾，既不敢跟她说话，又想知道她和她爹之间的秘密。

我们都不敢和她说话的另一个原因是她的传染病。刘妞妞说，他们村子的土地全都种了红薯。红薯能下蛋，红薯下的蛋跟牛头一样大，人吃了就得病，得上了就没得救。刘妞妞说她爹就是吃了红薯下的蛋才病的。

刘妞妞的话虽令人恐惧，但带着神秘，我们都经不住诱惑，缠着她给我们讲红薯下蛋和她爹的死。当然，我们都怕她的病传染给我们，便警觉地跟她保持一定的距离。

刘妞妞倒很知趣，她不坐谁家的凳子，要坐就坐在石头上或者土坎上，自觉地和我们隔开。

刘妞妞说他们村子人多半都得了病，那病全是红薯蛋给害的。他们一天三顿吃红薯，蒸红薯、煮红薯、红薯馒头……

刘妞妞说红薯馒头跟牛粪一样黑，一闻到那股味道就像闻到了牛粪。刘妞妞边说边捏着鼻子，做呕吐状。

刘妞妞捏着鼻子就哭了。她说她爹让红薯吃成了胃溃疡，医生说胃溃疡是一种治不好的病，他爹就用看病剩下的钱买了包老鼠药，把自己毒死了。

其实，胃溃疡并不是致命的病，那是我几年后知道的，是我母亲告诉我的。我还知道胃溃疡并不传染。

三十八

吃红薯蛋生病这件事在我们村子倒是没听过，尽管我们都不同程度地受到它的困扰。在我们村子，红薯一直被视为吉祥物。比如，怀孕的女人夜里梦见了红薯，一准儿会生下男孩，梦见南瓜会生女孩。我外婆说她怀孕期间总梦见南瓜，所以生了一窝的女孩。

对于刚结婚的新郎新娘，红薯的意味可谓深长。红薯收获季节，丈夫们都会在一大早出门，去地里挖一苗红薯，将根部的红薯全部拽出，带回家，洗净，放在锅里蒸熟了让妻子吃。妻子一吃，就能生一窝孩子。

那年月，人们普遍相信宿命，如果谁家生不下男孩，夏天的深夜，男主人选一吉日，提着灯笼去别人家偷葫芦；生不下女孩，就偷人家的南瓜。

那一年，我们家院子有一个很大的葫芦架，然而上面结的葫芦总是长不大，那是让人给偷了。我外公一生气，第二年就不再栽葫芦了，改栽了豆角。

失落与饥饿

三十九

我有一天竟无由来地思念起爸爸来。我都长到九岁了，竟然记不清他的模样，而外婆的口头禅总给爸爸身上披了一层梦幻。

外婆说我爸爸是个“死蛮子”，在一个叫“宽坪”的地方干革命（那时农村人把干工作都叫“干革命”）。他的办公室像公社的办公室一样宽敞、明亮，里面放着几个大文件柜，摆放着几张桌子和椅子。说话叽叽呱呱，跟鸟儿打架似的，没人能听得懂。那些话更激起了我的好奇心。我竭力猜测他的样子，他是怎样的一个人，脾气好不好？

有一夜，我在猜测中做了一个梦：我梦见爸爸给我洗脸，他拿着热毛巾轻轻地托着我的脸，动作柔和而慈爱；他打开立柜，从顶层取下了一个苹果，递到我手上，看我是怎样一口一口吃下去……直到梦醒来，我感到嘴里还甜甜的，嘴角还留着苹果的香味。

这个梦做后不久，爸爸果真回来了。他和妈妈一起回来的，还带回了我的弟弟妹妹。

爸爸和我梦中看见的一点儿都不一样，也不像外婆描述的那样。

爸爸连看都没看我，就强烈地排斥我的衣裤。他说这么大的女子穿花裤将来还不得成精。而我正为那条蓝花裤而扬扬得意呢。它是二姨出嫁时，我为她“跟箱”挣回来的礼物，是我人生第一条“专用裤”，以前的衣裤都是由大人的衣裤改造而成的。

外婆像做错事似的将我拉回屋内，边脱衣边安慰我:“你爸爸不让你穿，等他走了再穿。”

从此，在我九岁的心灵里，神秘的爸爸变成了可怕的爸爸。

爸爸没过几天又和妈妈一起走了，带走了妹妹，留下了一个真实的弟弟。弟弟顺理成章地成了我们家里的“人王”。外公称他“满堂红”。我退居“二线”，成了一个彻头彻尾的孤独者。

四十

饥饿的云烟笼罩着村子的上空，这与当年的那场旱灾有巨大的关联。那一年，我们村子一个夏季没下一滴雨，农民们一气之下将干死在地里的庄稼点火烧了。这样一来，村里二十七户人家，有十户都做了乞丐，去山外讨饭了，还有几户吃上了救济粮。我们家也分了点救济粮。救济粮其实不是粮食，是一麻袋红薯干和一小袋豆腐渣。红薯干有多种吃法，可以磨成面做馒头、饼子，但不管哪种吃法都不好吃。弟弟不愿吃，整天咧着嘴巴哭。

弟弟的饭量很大，越缺吃，他就吃得越多。据说一个人的饭量和头是成正比的，头大，饭量则大。弟弟长了一颗很大的脑袋。

我们家门口有一棵古老的柿子树，夏初，树下有一群孩子捡柿子花，柿子花可以用来蒸麦饭，我和弟弟也提着笼子去捡。但树下的柿子花早已被人捡光了。我们只能等着花儿往下落，落一个，大家就一哄而上，一些大孩子往往占了上风，他们在场，我们一个也捡不到手。

弟弟有一次把外婆弄来的半碗面粉挖进碗里，用凉水一搅拌，呼呼噜噜就喝下去了。外婆发现后，无奈地将拳头在他的头上扬了扬，又颓然垂下，之后，就悄悄地躲在一边抹眼泪。

四十一

三外婆进城的路上捡了五毛钱，高兴得一路小跑回来，将那五毛钱看了几十遍后压在枕头下。第二天，她就背着背篓，到东关蔬菜门市部里买了一背篓茄子和土豆，全是长了黑斑的茄子，土豆也是坏了的，好点的茄子和土豆早就让城里的居民买走了。三外婆图便宜，五毛钱买回了一大背篓。

一家人都敞开肚皮往饱里吃。三外婆说，洋芋不像红薯，坏了，不苦，也能吃，她便带头吃起来，一疙瘩一疙瘩往嘴里塞，把脸蛋顶出了两个包。

家人看她吃，也跟着吃，尽管都吃得龇牙咧嘴。

约莫过了半个小时，三外婆就带头呕吐起来，她躺在地上，嘴巴跟喷泉似的往空中射清水，射了一人多高。其他人也跟着吐了起来。

外公和外婆闻讯后立即赶来救命。外公从皂角树上打下一些皂角，熬了一锅皂角汤，让他们每人喝十二碗。

三外婆的肚子鼓胀得如同吹圆了的猪尿泡。

四十二

村里不少人都开始吃这种牛舌头状的野菜，为能让饭的黏稠度高点，我们放学回家的路上，都要帮家里捋些槐树叶和其他能吃的树叶子。有一天中午，一个从外省来的女乞丐带着六个孩子，拖着沉重的步子，一拐一瘸地走向我家门口，向我外婆讨吃的，外婆就把锅里剩下的野菜粥全部盛在一个碗里，也才拼出了多半碗，我还把我碗里的饭匀了点，倒在那个碗里。

当饭碗递到那个饥肠辘辘的母亲手里时，六张嘴全都凑了上去，十二只小手全都扑上去抓那个饭碗。我看见那个母亲抢在孩子前头，喝了一大口，含在嘴里很久才咽下去。我还看见外婆眼含热泪，转身回屋里了，她是不忍心看他们的苦相吧！

一直以来，那个争抢半碗粥的场景一直在我眼前浮现。

四十三

阴历九月半前后，是柿子成熟的季节。各家各户都开始做柿饼。我们家有八棵柿树，八棵柿树从不歇枝，每年都枝繁叶茂。柿子下来后就要做柿饼。帮我们家做柿饼的是本村的一个退伍老兵，叫罐罐。罐罐大名叫什么至今我都不知道，只知道罐罐是个军人，参加过抗美援朝。但他是个伙夫，没上过战场，也不识字，没过几年就退役了。

罐罐柿饼做得好，每年柿子下来，村里人这个约，那个请，他都很愿意去帮助别人。

柿子要变成柿饼是很麻烦的，需要很多程序才能成形。柿子刮皮后，要用绳子穿起来并开始晾晒，晒到半软的时候就得取下来一个一个地捏，捏成碗的形状，然后再继续晒，晒后又开始捂，捂一段时间后，再拿出来捏，捏的次数越多，柿饼就越白、越软。

通常状态下，我们捏柿饼时，大人都不让我们洗手，手太净，柿饼就捏不白。

柿饼晒干了就放在缸里捂，上面盖些刮下的柿皮，捂一段时间柿子就出霜了，白白的，连柿皮也是白白的。出了霜后，大人就把柿饼放进筐里，挂在屋檐下再晾，那叫吃风，吃风后就干了。

那年外公把柿饼挂在屋檐下，一个下午，罐罐来我家闲逛，背着手，问我柿饼晾好了没有。我知道罐罐问这话的含义。他年年给我们家做柿饼，我们除了给他管顿饭外，一句感谢话都没给他说过。

我是个天性好客的人，于是，我就上到窗台上给罐罐取柿饼。呀！麻雀在筐里做了个窝，这不是要祸害我们家的柿饼吗？我给罐罐拿了几个柿饼。罐罐一边尝一边说，味道还行，让多给些。说后，递给我一个草帽，让我把帽碗子装满。我装了满满一帽碗，递给他。

罐罐走时，对我说："别给你家大人说我拿了你们家柿饼啊！"

罐罐走后，我就开始思考，给外公说不说柿饼筐里有麻雀窝？说吧，外公会问我怎么知道麻雀在咱柿饼筐里做窝呢？不说吧，那柿饼不就叫麻雀糟蹋完了吗？想来想去，最后终于想出了一个好办法，我又爬上窗台，把麻雀做窝的草拉到筐沿上，这样，外公一回来，我就可以立即指给他看。

我为自己的聪明窃喜。晚上，外公回来了，我把外公拉到屋檐下面，指着鸟做的草窝让外公看，外公叫我上去看是怎么回事，我装模作样地上去，把麻雀做的窝取下来，递给外公。外公上去一看，说："这柿饼少了这么多，一定是让咱们家的'大麻雀'给吃了吧！"

我冤枉得心都碎了。

四十四

外公在采摘秋果的时候，总要将几个最鲜艳的果子留在树顶上，说那是给鸟儿留的。可有时，我看见他在收白菜、萝卜、红薯的时候也有意无意地留上几个，外公说人做事不可做尽，庄稼也不可收尽，要留点余头，来年就有发头。那些留在地里的萝卜、白菜经常在不知不觉间被人拿走了，而留在树顶上的果子却长时间的长在那里随风摇摆，令人眼馋。

有一天，我没经住诱惑，忍不住爬上门前那棵柿树，一点一点靠近高悬在树端上的两个鲜艳的柿子，眼看就要够着了，不料，它们瞬间脱离枝头，一同坠落地面，成了两摊柿泥。我们家的小黄狗闻声赶去，闻了闻，舔了舔，走了，让我失落了好半天，我本想下树，趴在地上将柿子最上面的干净部分吸进肚里呢。

四十五

八月是果子成熟的季节。那天，我和蓝贞、田小毛三人相约出去溜达。转到邻村孤老头马兴仁家门前时，突然看到了满满一树红果。红果又红又大，鲜艳无比，散发着丝丝香气。我们相互交换了个眼色，发现马兴仁的门上了锁，四下无人，便悄悄地爬上树，每人摘下了满满一兜红果，边摘边捡最大最红的吃，吃饱装足，才下了树。

正当我们要离开的时候，另外一棵大树上，醒目地挂着一个牌子，一行字顿时让我们傻了眼：果子打了敌敌畏，吃者必死。我们吓得脸色大变，把嘴里没有咽下去的全吐了出来。蓝贞说，她裹兜里装着大蒜，大蒜能驱解毒性。她掏出蒜，一瓣瓣分开给我们吃。我们吃着大蒜，突然，田小毛“哇”的一声哭了起来。我俩吓了一跳，赶紧过去看她是不是已经中了毒。她哭着说她还不想死，她死了，她家的花猫怎么办？她舍不得她的大花猫。蓝贞也哭了，说前几天她上山挖药，卖了三毛钱，还没舍得用，一直塞在她家院墙的第三个墙洞里。我无牵无挂，就瞪着眼睛，想象人要死的样子。

我们都没敢再吃兜里的红果。最后，我提议，挖个坑把红果埋了。我们就挖了坑，把兜里的红果全埋葬了。

第二天，我们都没死。但蓝贞藏在院墙洞里的三毛钱却不见了。

四十六

住在河对面的王淼没上学，她天天在家做家务，帮她妈妈带孩子。有一天，她实在太饿了，就偷偷吃了鸡窝里几只母鸡共同下的蛋，共计四个。她的头就被她妈妈用擀面杖打了一个包。王淼搂着头，逃出来，钻进玉米地里，天快黑了，都不敢回去。

首先发现王淼的是田小毛。田小毛说王淼怪可怜的，我们得帮帮她，她待在玉米地里过夜，万一让狼给拉了呢?

我们就赶紧想方设法帮她走出困境。

几天前，我在学校后院的一个小储藏间里有个新的发现。我发现了一瓶红墨水，大概是某位老师故意留在那里的。那毫无疑问是最神奇的东西了。因为只有老师才有权使用红墨水，老师用红墨水评判我们作业的对与错。而我们只熟悉黑、蓝墨水，从没用过红墨水。红墨水涂到手上和血的颜色一模一样。

此时，我和蓝贞、田小毛酝酿出一个计划：我们打开红墨水瓶盖，倒了点出来，抹在王淼的脖子上，让王淼闭着眼睛装死。

我们已经派人观察王淼妈妈的动态了，其实，她心里早已开始着急了，悄悄到处寻找王淼的踪迹，只是故意装着不在意的样子。

蓝贞大声叫着："淼淼把脖子割烂了，快呀，救人呀！救人要紧！"一村人都朝我们的方向跑来。王淼妈妈哭声震天："娃呀，我娃好命苦啊，你这么大点的年纪咋就想不开，寻了短见了呀，啊，你还叫你妈活不活了，啊？"

王淼妈妈连滚带爬，风一样地扑了过来，趴在王淼身上放声号啕。村里的赤脚医生也赶来了，手里还拿着听诊器。工作组长老肖也来了，他一边安慰王淼妈妈，一边喊人："快，先把血堵住，再做人工呼吸。"

我们忍不住，就捂着嘴巴笑。笑着笑着，目标就暴露了。原来，王淼也没忍住，竟"哇"的一声哭得上气不接下气，估计是让她妈妈的悲伤给感染了。

紧张的人群突然像泄了气的皮球，以责怪的口吻来表达轻松，实则有掩饰不住的失望。我看见王淼妈妈抹了一把泪，那张脸顿时像刚下了一场太阳雨的天空。

那天夜里，我们被工作组长老肖传去训话，他让我们每人写了一封检讨书。

四十七

我在王老八的自留地里捉蝴蝶的时候，我外公养的那只羊趁机把地边上的麦苗吃了几口。我看见从对面气势汹汹扑过来的王老八。他一把抓住我的羊，说："这下可以解馋了，今晚就吃羊肉汤切面。"我眼睁睁看着他把我的羊牵走了。

王老八四十多岁了还没有讨到媳妇，他的行为和脾气都有些古怪。

第一次，外婆空着手去和王老八交涉，又空着手回来了。第二次，外婆端着一碗麦子去，又端着一碗麦子回来了。原来，王老八索要一升麦子，外婆不同意，王老八就把我们的羊拴到了他家里。

外婆第二天又去谈判，最终以一升麦子换回了羊。

我恨死了王老八，恨不得将他关进牛圈，和牛绑在同一个柱子上。

又过了半年，王老八的房子着了火，火势在夜间映红了半边天。王老八像老牛一样，蹲在一边号叫。第二天，村里的人都去给他送饭。外婆也做了红豆高粱饭，让我给王老八送去，我不愿意去，外婆就端着饭，自己去了，还把外公的一件褂子送给了他。

我跟在外婆的后面偷窥王老八的表情。

我看见王老八在接外婆手里的饭和衣服时，给外婆磕了一个响头。

四十八

队里又来了工作组。组长姓谢，人称老谢。老谢其实并不老，才刚刚三十出头。老谢给群众开会，说，美国现在不敢小看中国了，因为我们中国人发明了一种粮食放大器。那玩意儿只是一个圆滚滚的黑铁桶，但却能将一碗玉米变成一麻袋玉米花。老谢说他亲眼见到过那个粮食放大器，也吃过那个机器放大出来的玉米花。

真是神了！底下群众一阵惊呼，问老谢有没有能将一碗米放大成为一锅米饭的放大器。老谢说，那种机器暂时还没有发明出来，不过估计快了，老谢说中国人是世界上最聪明的人，那玩意儿在不久的将来肯定会发明出来。

一个抽旱烟的老汉捋了捋下巴上的白胡须，说："天下最好吃的是面，面里最好吃的是蛋。"他身边坐着的陈秀秀站起来，扭了扭身子，说："最好吃的饭是腊肉汤下挂面，听说毛主席在北京，天天吃的是腊肉汤下挂面。"

粮食放大器

偷　吃

四十九

张黑娃饿得受不了，决定铤而走险，夜里踅摸进草庙沟一个果园，偷回了两口袋沙果，不幸遭遇恶狗袭击，狗咬掉了张黑娃腿上的一块肉，还把他的裤子咬出了一个窟窿，回家又被他爹扇了两个耳光。他爹骂他不该把裤子让狗咬破。那年月，裤子远比腿上的一块肉重要。扯一块裤子布料不仅需要钱，还需要布票，腿咬烂了，过些日子就能长好了。

草庙沟里的那个果园里长了几十棵果子树。那是集体的果园，由一个“四类分子”看管着。

张黑娃是在夜晚偷偷潜入果园的。他手脚麻利，三两下就摘下了两口袋果子，这之前，他没有被发现，可正准备离开时，狗和看管人同时扑了过来。张黑娃腿长，跑得快，尽管没躲过狗咬，却躲过了被抓的危险。他两手死死抠着口袋，带回来了两袋沙果。

沙果红艳艳的，老远就能闻到香味，顿时让人垂涎。

张黑娃就给我了两个沙果。我们坐在河边的沙丘上吃。张黑娃问我闻到贼腥味没有，我说没有闻着。张黑娃咧嘴一笑，又给了我两个，说，既然让狗咬了，他决定再去偷一次。我们俩想了很多办法，他说，趁中午太阳正红的时候去偷，因为那时狗和主人都困了，在睡觉，只要轻轻走动，就不会被发觉。我建议，多去几个人，一些人将狗和看守人引开，另一些人以最快的速度采摘。

整个下午，我们什么也没干，只在讨论如何再次偷到果子。正说着，李小满来了，张黑娃就让李小满带领我们行动。但，李小满就是不吭声，他站在那里，头低得像个“四类分子”。张黑娃就向他掷石子、丢沙子，迫使他开口讲话。

李小满很久才憋出一句话:“明晚吧，明晚我带你们去偷。”

“你敢保证我们不被狗咬，不被抓住吗？”张黑娃向李小满喊叫。

李小满又不言语，半天，说了一句 :“跟我去就是了。”他的语气像个大人。

第二天夜里，我们就跟着李小满去偷果子。

还真是奇怪了，跟念了魔法似的，果园周围静悄悄的，一声狗吠声都没有听到，甚至连一只蚊虫的叫声都没有。

我们偷了很多沙果，还摘了林檎、红果、梅子，口袋里、怀里揣得满满当当的。张黑娃还将自己的裤子脱了下来，将两条裤腿一扎，当成袋子一样往里塞果子。

而当我们坐在一起大口分享偷来的果子时，李小满蹲在一旁，一个也不愿吃。

“这家伙咋的了？”

张黑娃将李小满拽到一边问。李小满红着脸，小声说了句：“看护果园的那个‘四类分子’是我爹！”

五十

和蓝贞、田小毛寻野菜时来到一户人家门口，看见一棵大杏树，走近，发现大杏树上结满了黄里透红的杏子，水灵灵的，馋得我们直咽口水。我们站在树下，连最低的杏子都够不着。

蓝贞让我把她举起来，她个头小，身轻。我就使出浑身劲将她举起，她猛然向上一跳，不仅没抓到杏子，反而“啪”的一声，拽断了一根树枝。我们吓得落荒而逃，躲在一个地方偷偷窥视。见那人家没什么动静，我们便放心大胆起来。我捡起被折断的树枝，竟发现树枝上有两个小杏子，绿里透出淡淡的黄。摘下一个塞进嘴里，哇！味道好极了！啊！汁水酸甜可口，又解渴又好吃。我刚吃了一个，另一个刚进嘴，就让蓝贞一把夺了去，她骂我是白眼狼，说

偷果子

杏是她弄下来的，却不让她先吃。

吃完了树枝上的杏子后，我们更馋了，田小毛说她还没吃上，不公平。我们又想别的办法。怎么办啊？蓝贞说她托我上树，于是，蓝贞和田小毛一个托我的屁股，一个推我的双脚。我就像一只虫一样爬到树杈上。满目尽是黄灿灿的杏子，空气里弥漫着甜丝丝的香气，我兴奋得双手颤抖，不知从哪里下手。我一动不动地趴在树枝间，感受周围的美好，对树下传来的催促声全然不顾："给我们扔些下来啊！"我缓过神来，慷慨地摘了一大把，扔下去，只听下面叫成一片："快摘呀，多扔一些！"我像聋了一样，装作没听见，独包独揽，还边吃便冲她俩做鬼脸。

忽然，主人家半开的门"吱呀"一声，敞开了。蓝贞和田小毛的腿好似踩着了风火轮，以闪电般的速度蹿进了林子里。我吓得打了个趔趄，差点摔下树来，不过，当我看见从门里出来的是个老太婆时，我才慢慢地将跳到嘴边的心咽了下去。

老婆婆一手遮在额头上，向树上瞅了瞅，拖着长长而温和的语调说："娃，你慢点啊！别摔下来了！"

我心里一热，眼泪差点流了出来。

五十一

放羊娃刘榜劳把羊赶到山上后就去捉知了去了。他捉来两只知了，用手捏着它们，让它们按自己的意愿发出声音，到最后用火烤了吃。不过我和田小毛、蓝贞都没敢吃，只有刘榜劳才敢吃。

刘榜劳似乎什么都敢吃。有一回，他背上长了一些疮，有人建议他去吃蝌蚪，说，蝌蚪能排毒。他就跑到河里，捉了一盆蝌蚪，像喝水一样喝了下去。刘榜劳说，那盆蝌蚪在他肚子里活了很长时间。他能感到它们在游动。

不过，说来也巧，他背上的疮没几天还真的消失了。

五十二

牛新顺家穷，他们家有八个孩子，他妈妈连吃饭都算计着，怕孩子们偷吃，总是把吃剩下的饭菜装进竹笼里，挂在屋梁上。我常常听到她打骂孩子的声音，那骂声多半起于他们的偷嘴。

有一天，牛新顺让我跟他一起上山砍柴，我很高兴，便跟了去。到了半山腰的时候，牛新顺说他有了新的发现，他看见好吃的了。我还没看太清，他就爬了上去，钻进一片野刺架，吧唧着嘴巴，吃得津津有味。我也想凑上去，分享一点儿他的美味，可他不让我去，说刺多，太扎，让我别急，等他吃饱了再摘给我。我说："你的肚子跟老水牛一样大，啥时才能填满？"他白了我一眼，说："再说难听话，一颗都不给吃了。"

牛新顺挨打

于是，我眼巴巴地看着牛新顺一动一动的嘴巴，馋得要命。

大约等了半个钟头的样子，牛新顺终于下来了，给我摘了一小把，说这东西叫“刺苞”。我尝了一粒，呀！味道美极了，它比我以前吃过的任何果子都好吃。我决定自己去摘，他依然不让我去，说坡太陡，万一滚下来就摔成肉末了。我只得咽着口水，跟在他身后，一副馋兮兮的样子。此时，我多希望我快点儿长大，那样也能到很陡的地方找吃的。

牛新顺一路都能找到吃活儿，咀嚼的嘴巴就没停过。他说只要进了山，就饿不死人。

第二天早上，牛新顺却倒了大霉，他吃多了“刺苞”，跑了肚子，稀屎拉了一炕。他母亲提着他的耳朵，用一根柳树条使劲抽他，他哭得“吱吱”的，像小猪在叫。

那一刻，我真替他难过。

五十三

牛新顺依然管不住自己那张饥饿而好吃的馋嘴。被他妈打后不久，他又约我上山。我听后十分高兴，再一次跟着去了。

牛新顺一路东张西望，随时准备捕获可到手的任何食物。

刚上到半山腰，牛新顺仰望着一棵长在崖石边的树，我也朝那个方向望去，那里有一团黑黝黝的东西！我说那是蚂蚁窝。他说我笨，并告诉我，那不是蚂蚁窝，是蜜蜂窝，窝里的蜂浆还可以吃呢！说完，他将穿在外面的褂子脱下来，让我把头包住，蹲下身，找个地方躲起来，没有他的命令不许出来。我问他要干啥，他说，他要烧蜂窝。我把自己的头裹进他的褂子里，露出两只眼睛看牛新顺烧蜂窝。

牛新顺捡来一把干松树枝，捆成一小捆，然后掏出火柴点燃，只听见蜜蜂“嗡”的一声四处绕圈飞起。牛新顺趁机将蜂窝拿下，接着就不断从蜂窝里挑出东西来吃。他吃的肯定就是蜂浆吧！看他吃得津津有味的样子，我多么也想尝尝蜂浆的滋味啊！

我没忍住，跑过去，想跟他要点吃，可他竟说：“女娃吃不得蜂浆，吃了肚子里会长出蜂窝来。”我心里愤愤然。既然他不给我吃，我也没办法。我就暗自盼望着他肚子里能长出一个蜂窝，好让他妈妈再狠狠地打他一顿。

回去后，我就立即去他家，向他妈妈告状，说：“牛新顺吃了蜂浆，肚子里长了蜂窝。”他妈妈听后，瞪了我一眼，说：“说啥屁话？滚一边去！”

好　奇

五十四

不管怎么说，我还是一心想着要尝到蜂浆的味道。

我“召集”我最好的玩伴，田小毛、蓝贞、秦牛，向他们描述牛新顺吃蜂浆的全过程，听得他们个个嘴馋得不得了！于是我们决定秘密行动，大家一起去找蜂窝，吃蜂浆！

我们准备了一些竹棍、枯树枝，带了火柴就出发了。我们沿着山底往上找，可是找了大半天还是没找到一个蜂窝。大家都很失望。田小毛垂头丧气，说她脚疼，走不动了。突然，几只小蜜蜂恰好飞了过来，我想，既然有蜜蜂就一定有蜂窝，跟着它们回去就知道了！于是我们一路小心翼翼地跟着那几只小蜜蜂，找了好久，竟然真的被我猜中了，我们发现了它们的窝！可失望接踵而来，那个蜂窝小得还没有我们的拳头大。但再小的蜂窝里面也应该有蜂浆吧。于是，一切都来不及顾及，我竟忘了点火就直接用棍子往蜂窝上捅。十几只蜜蜂“嗡”的一声倾巢而出，一只蜜蜂直接瞄准了我的鼻子就是一蜇，一阵刺痛袭来：“哎哟，我的妈哟！”我大叫一声，蓝贞、秦牛立即抱头鼠窜。田小毛脚疼，没赶上队伍，躲过了一劫。好在蜜蜂只蜇了我一个人，我拼命咬着牙忍着疼，像个伤员一样往家赶。到家，发现我的鼻子已经高出了额头的高度。

牛新顺围着我转来转去，我装着若无其事，尽管鼻子疼得要命。牛新顺看我没反应，说：“往鼻子上尿尿，就不疼了。”

我问谁来尿尿。他说：“当然你自己尿了！”

“啊！那不脏死了吗？”

晚上，我还是偷偷试了，牛新顺说的有道理，自己的热尿还真能消毒，也能止疼。

五十五

我承认，那时候，人们偷东西基本与吃有关，因为吃不饱、吃不好，饿、馋。

有一天晚上，我被一泡尿憋醒了，确切地说，我是被一股香味熏醒的。迷迷瞪瞪起来摸尿罐子，竟然摸到了灶房。我看见二姨和小姨正在厨房里炸油糕，小姨一边给灶洞里塞柴，一边把油糕往嘴里塞，油糕好像刚出锅，烫得小姨吸溜吸溜的直咂嘴巴。她们在看见我的一瞬间，全愣了一下。二姨顺手从油锅里捞出一个油糕递给我。

说实在的，那是我有生以来吃过的最香的油糕。油糕是红薯做的，里面还包着红糖和芝麻，鼓鼓的、圆圆的，炸得焦黄、酥脆，一咬满嘴流油，满口喷香。

二姨只给我吃了一个就不给了。她逼我赶快去睡觉。

吃了那种美味，我哪儿还有瞌睡呀！我在炕上翻腾了一整夜。

第二天，外婆和外公从城里回来了。我对外婆说，我要吃油糕。外婆听后，一愣，赶紧跑进厨房查看油瓶，发现油瓶里的油少了一大截，顿时明白二姨、小姨偷吃了，便跳出门大声喊二姨小姨进屋接受审讯。她俩知道事情不妙，早已逃了。

下午，我被她们俩拉进竹园，狠狠地打。二姨庄严宣布这辈子都不给我东西吃了，小姨说，再嘴巴长，给外婆告密，就用鞋底子打嘴。

我很长时间都不明白当时我到底做错了什么。

五十六

外婆每次回娘家都要住十天半月的，这期间我们就有借口去看她。

我去看外婆的时候，她老家的女性亲戚偶尔煮一碗杂粮面条给我吃。我总是客气很久才好意思吃，吃的时候很珍惜，用筷子一根根夹，慢慢吸到嘴里，希望每一根面条很长很长，永远吃不到尽头。有时候也夹一大筷，真想把嘴巴张到最大，一口吞下去，但却舍不得那样吃。外婆也不让我那样吃。她说女娃吃饭，细嚼慢咽，吃相要端正，吃相不好的娃将来命苦。因此，无论再饿，在外婆面前，我都不敢太丧眼，尽量以优雅的动作进食，何况，这么好的面条，吃得快就完得快。于是，慢慢松开，打散，放进汤里，眯着眼睛一根根享受着，直到把汤喝光还剩下最后一根，也反复地在筷子上挑来挑去。

我见过很多城里人，他们吃面条时总坐在门外面的石礅上。不远处是马路，路上行人匆匆，他们趁机向过路的行人炫耀他们碗里的面条，将筷子上的面条挑得高高的，像高举红旗一样，然后慢慢收下来，喂进嘴巴，向饥肠辘辘的行人表明他们在吃面条。那面条是舍不得咬碎的，多数人认为，面条擀出来不容易，咬烂可惜，得囫囵吞咽。那年月，人们普遍认为，面条是世界上最好吃的饭。

五十七

二姨出嫁前，外公从山里弄来木头，请来一位城里的木匠给二姨打嫁妆。那时，木匠不收工钱，只给管饭就行。

平时跟我们一样吃得清汤寡水，最后一顿则相当丰盛，外公弄来了酒（柿子酒）和猪头肉，外婆炒了一盘豆腐，一碟花生豆，主食是外婆擀的油泼辣子面。

师傅三下五除二，将一大碗面呼啦呼啦全吞进了肚里。外婆问："好吃吗？"师傅答："还可以。就是面擀得不够长，还没吃到嘴里就断了。"他就给外婆教了个擀面技巧：在面粉里加盐，便能使面条筋道。

其实，他不知道，外婆在面粉里加了盐，只不过那面粉不是麦子粉，而是白玉米粉，玉米粉再加盐，也不筋道。

五十八

吃罢早饭，外婆要出去串门，问我想不想去。我说不想去，外婆就把一块锅巴取来放在桌上，叮咛说："肚子饿了再吃。"

外婆一走，我就耐不住了，抓起锅巴掰成碎块，揣进兜里跑出去找蓝贞，她正好在家门附近的水渠里淘菜。我把锅巴分给她一半，她把手从水里捞出来，甩了甩，接过锅巴一边吃，一边告诉我说打谷场正在搭台子，准备演戏呀。我听后心里顿时乐开了花，这么好的消息咋不早点儿说呢？还不快走，搭戏台子的地方可热闹了。蓝贞菜都没淘干净，匆忙回家放下菜篮后我们就出发了。

蓝贞说走小路快，穿玉米地吧，还能随手偷摘几条豇豆吃。玉米地边都种着豇豆。这正合我意。我们老远就看见了一条条挂在玉米身子上的豇豆。

“谁家的自留地呀，种了这么多豇豆？”蓝贞查看四周，说：“管他是谁的，没人，吃了再说。”蓝贞向来眼疾手快，她已经开始大嚼大咽了。我刚摘了一条，还没来得及往嘴里塞，一条狗“呼”的一声，从上面扑了下来。

“哎呀，我的妈呀！”蓝贞死狼一样地号叫，我急中生智，把兜里的锅巴全扔给了狗。狗似乎不领我的情，依然狂叫着，扑着，可总也扑不上来。原来那狗是被主人牵着的。我一眼就认出了狗的主人：山娃——秃子山娃。

山娃咧着嘴笑，一副幸灾乐祸的样子。他全然不顾哭成了泪人的蓝贞。

蓝贞的裤子被狗咬烂了，腿也被狗咬出了几个牙印。蓝贞说裤子烂了，回家后会挨打的。蓝贞用手摸着被狗咬烂的裤子，哭得无比伤心。

那天，我们俩都没看成搭建的戏台子，我陪着蓝贞，她一直在哭，哭被狗咬烂了的裤子，而不是被狗咬伤了的腿。

五十九

放学回家的路上，蓝贞、田小毛突然想出了个好主意——偷一户人家门前的月季花。那是一株很大的花树，花朵大而鲜艳，老远就能闻到花香，枝干粗壮得可以让人攀附上去。

那时，我们从没见过那么漂亮的月季，一心盼着摘一朵，哪怕摸一下也行。

可月季花主人的门每天都敞开着，女主人天天在花前走来走去，似乎一直在看护着那棵花树。

这天，田小毛说，她发现女主人出远门了。听后，我们立即决定去折几朵花，插在瓶子里养着。

我们踅摸着来到花树边，还好，花树周围并没有野荆棘做的篱笆。田小毛和蓝贞眼疾手快，轻易便折下了好几枝月季；而我，几乎被眼前的花朵迷住了，手剧烈地颤抖，手背又被刺扎了一下，但我也没放过眼前的利益，用了很大力气才狠狠地将一朵半开半合的月季折了下来。突然，我看见了一只手，那只手是从枝叶间的缝隙里露出来的。还没来得及细看，我折花的手就被那只大手牢牢抓住了。

蓝贞和田小毛见势不妙，扔下花枝逃离了，只有我一个人被逮了个正着。

那双手把我扭送到一间屋子。屋子很黑，堆放着一些乱七八糟的农具。在这样黑洞洞的屋子里，我看不清主人的脸，却感觉到主人粗糙的双手。那双手很快将我的身上的衣服脱下来，装进墙边的柜子里，说："回去叫你外婆来见我。"说后，门"哐当"一声开了。

我发现主人并没有惩罚我的意思，便拼命告饶，向她发誓以后再也不敢做这种事了。

她听着听着，嘴角泛起一丝笑意，过了一会儿，说:“你的小嘴巴抹了蜜糖了吧，这么甜？”

我舔了舔嘴唇，并没有感到甜。我一直不明白，她没尝我嘴唇，怎么说我嘴巴甜呢?

六十

我家院子里有一棵很大的苹果树。果树从不歇枝，年年果实累累，但大人们都不让孩子吃，除非掉下来的落果才肯让我们吃，结在树上的好果子是要卖钱的。

我们都盼望着有苹果落下，因此耳朵变得格外尖，只要听到门外“咚”的一声，就会一个箭步跨出门去。

有一天，我和弟弟正在家里剥豆豆，突然，外面“咚”的一声响，我和弟弟几乎一起扑出门外，想着一定是树顶上那个最红最大的苹果落下来了。

还没跑到树下，弟弟先一屁股蹲在了地上，我也打了个趔趄，费了很大的力气才止住脚步。

我拉着弟弟赶快往后撤，吓得很长时间都没敢出气。

原来，从苹果树上掉下来的不是苹果，而是一条蛇。一条土布袋蛇，有擀面杖那么长、那么粗。那是我们见过的最大的一条蛇。蛇可能摔得重，摔晕了，半天都没动，过了很久才慢腾腾地钻进了一堆麦草秸秆里。

一个月后，我和弟弟在麦草秸秆里发现了几串蛇蛋。

淘　气

六十一

我的大部分时间都是在无聊寂寞中度过。

一天，家里只剩下我一个人，怪寂寞的，干啥好呢？突然听到“喵喵”的叫声，哦，邻居王婆婆家的大花猫跑到我家院子来了。大花猫也很寂寞吧。我灵机一动，既然我们都是寂寞的，何不和它一起玩呢？

我抓住猫，将它用一条绳子绑在椅子上。哈哈，这回看你往哪里逃？大花猫绕着椅子转圈，喵喵地瞪着黄色的眼睛向我叫，叫声里充斥着强烈的抗议。我用手握着它的嘴巴，见它的胡须太长了，就想帮它剪一剪。

回屋里找来外婆装在针线篮里的剪刀，开始给大花猫修理胡须。也许大花猫见我手中的“凶器”对它有威胁吧，它一边“呜呜”地挣扎，一边用爪子来抗议我的“竭诚服务”。我一边安慰它，一边摩挲着它的皮毛，待它稍不留意时，拿过剪刀，“咔嚓”一声，大花猫的胡须被剪掉了一半。我刚要剪另一半，忽然传来外公的喊声。外公锄地回来了。

“你在干啥呢？”我赶紧放下剪刀。外公走进院子，看到这番情景，又气又笑，板着脸训斥：“你处置猫干啥？”

我放下猫。猫跌跌撞撞，怏怏地跑了。

可第二天，那只猫就死了。死因不详。我外婆说猫可能吃了一只死燕子，燕子吃了有毒的虫子。我吓得不敢吱声。我觉得猫的死与我剪了它的胡须有很大关系，可我又不敢说出来。

多年后，我从一本书上得知猫的胡子非常重要，是用来测量老鼠洞口宽窄的，并且能保持身体的平衡。

六十二

过年了，秦牛拿来了一个“气球”，白色的，像葫芦。他在“气球”的屁股下吹了一口气，“气球”就变得又圆又大了。秦牛用线将“气球”扎住，递给我，让我玩一会儿。我乐得满脸堆笑。

我把“气球”高高举着，一路奔跑，秦牛在后面紧追，跳起脚，用手拍打“气球”。“气球”很结实，发出“砰砰”的声音。

淘气剪猫须

我们一会儿把“气球”抱在怀里，一会儿又抛向空中，一会儿把气放掉，鼓起腮帮子，用力一吹，“气球”比之前更大了，再吹，“啪”的一声，“气球”爆炸了。我们被突如其来的爆炸声吓了一大跳。

“气球”再也吹不圆了。秦牛说，说不定补一下还能行。我觉得秦牛说的有道理，就立即跑回家中，翻开外婆的针线篮，找来针线，一针一线地缝补“气球”。

“气球”烂了的部分用了很长时间才缝好。可缝过的“气球”不管怎么吹都吹不圆，气很快又漏了。我再缝，再吹，折腾了半天，“气球”被我彻底整死了。

这下，秦牛放声咧开嘴巴开始哭。哭声大得出奇，秦牛的妈妈还以为谁欺负了秦牛，连忙跑过来看，看到我手里那个被缝得皱巴巴的“气球”时，顿时哈哈大笑，边笑边说：“这丫真会想办法。”

秦牛的妈妈把秦牛牵回去了。

第二天，秦牛的手上又多了一个白色气球，可这次，秦牛不管怎么说都不让我和他一起玩了。他说女孩子不能玩那种“气球”，玩了，将来就生不出孩子。

后来，我才听说秦牛玩的那个东西不叫气球，叫避孕套，是他爸爸从美国带回来的高级玩意儿。他爸爸常年在美国，给美国人盖楼房、修铁路。多年后，我才知道那叫华工。

六十三

我们家的老母鸡一窝孵出了十二只小鸡，全都存活了下来。根据品相，我分别给它们取了人和动物的名字：麻雀、阿黄、小白、灰灰、腿腿什么的。小鸡每天在一起生活，快乐无比。

春天的一个深夜，鸡舍里突然爆发出鸡的惨叫声。“快点灯，不得活了！黄鼠狼子拉鸡哩！”外婆失声大喊。睡梦里听到那样的声音极其恐怖。外婆立即点着煤油灯，下床，开门，查看门外的鸡笼，见笼子里的鸡惊慌失措，叽叽喳喳地叫。其中小白最为惨烈，它的脖子早已被黄鼠狼咬了一个窟窿，一点儿血都没流出来。外婆说黄鼠狼并不吃鸡的肉，只喝鸡的血。

可怜的小白被黄鼠狼咬死了。

那只黄鼠狼胆子不小，第二天黄昏时分又出现在我家门口。我外婆拎起一根棍子朝鬼魅一样的影子打去，一个细长的拖着尾巴的身子“哧溜”一声就不见了，身后留下一股非常难闻的臊味。

凭经验，外婆说这只黄鼠狼贼心不死，还会来的。我们加固了鸡舍，还给鸡圈安了个木门，不等天黑就将鸡门牢牢锁住。可黄鼠狼跟狐狸一样狡猾，不出所料，有天晚上它又来了，这次更为惨烈，它一次就咬死了两只鸡，还把

赶黄鼠狼

灰灰给拉了去。

村里有好几户人家的鸡都不同程度地受到了黄鼠狼的侵袭。

不几日，队里准备另盖一处公房，农民们辟出一处新宅基地时扒出了两只毛茸茸的小黄鼠狼。小黄鼠狼吱吱地叫，小脑袋左右晃动，极力躲避众人的目光，而那些手下不留情的人在一片嘻嘻哈哈的笑浪声中将两只小黄鼠狼掐死了。这让我想起了那只祸害了我们鸡的黄鼠狼，是谁在报复谁呢？

六十四

秦牛有一天又来我们家。他说只要每天像鸟一样练习飞翔，时间久了，两只胳膊就能变成鸟的翅膀，人就能飞起来。一开始我不相信，可第二天就开始信了，便悄悄开始学着鸟的样子练习飞翔。每天一早起来，我就站在高高的台阶上，像鸟一样挥动双臂，模仿飞翔的动作，直到两只胳膊又酸又痛。

不久的一天，秦牛趁大人不在家的时候，偷出了他爷爷的架子车。他说他会开飞车，坐在车上如同在空中飞。我赶快喊来蓝贞和田小毛。我们手忙脚乱地将他爷爷拉石头的架子车偷偷推了出来，推到一处慢坡。他在前面开车，我和蓝贞、田小毛坐在后面压车。秦牛说他已经掌握了下坡滑翔的“绝技”，让我们安心体验飞翔就是。

飚架子车

我们愉快地坐了上去，闭着眼睛，准备享受飞翔的快乐。突然，车子失去了平衡，如飞箭似的极速向坡下冲。终于车毁人伤。我在着地滚动的过程中奋力站立起来。秦牛滚到了坡下，一个车轮子滚进河里。他吓得哇哇大哭，哭得很不体面，他在害怕回家挨揍的同时才感觉到手和脚疼痛难忍。我的手被沙子蹭掉了一块皮，田小毛的脚也崴了，蓝贞的头发被树枝挂掉了一大绺。那天，我和蓝贞都没敢去看秦牛，可田小毛去看了，田小毛去的时候，秦牛哭声震天，正撅着屁股被他爷爷打。

六十五

我很小的时候跟二姨去田里拔蔬菜，常常看见地里所有植物上面都长着绿色的小虫子。二姨从地里捉来虫子，放在我手上，让我玩，我便开始玩那些小虫子。后来，我长大了，也依然喜欢捉虫子，一会儿就捉一大把。我把虫子装在口袋里，带回家，这儿放几个，那儿放几个，外婆的针线盒、外公的烟袋、小姨的枕头……有时，我还把虫子放在锅盖上或碗里，能放的地方我都会放几条。

首先发现家里有虫子的是我小姨，她去床上睡觉，刚拉开被子，就看见了枕头上的虫子，知道一定是我干的，就冲我大叫一声，继而又扯了我的耳朵，小姨对我最大的惩罚就是揪耳朵，还将我告到了外公外婆那里。外公外婆也很快发现了家里有虫子。他们哪能放过我呀。我的手被他们轮番打。外婆说，再将虫子带回家，就用菜刀剁手。

我很长时间都不敢带虫子回家了。

又一次，我突然看见门外边的椿树下有一条细而长的绿虫子，那是我从没见过的一条最大的虫子。它爬行着，行动快而灵活。我赶快上去，用指头捏，那虫子使劲翻来覆去，我没花费力气就将它捏在手里，拿回家给外婆看。外婆吓得后退了几步，一声大叫，吓得我打了个趔趄，手里的虫子掉到了地上。几只母鸡看见地上有虫，顿时一哄而上，但都围着虫子转圈，发出“咯咯”的惊叫。鸡都不敢下口。外婆连忙折回去，从灶房拿出一把火钳，把那虫子夹出了门外。

外婆说那不是虫，是一条刚出生不久的小蛇。

六十六

外婆和我的生日相隔一天。我过生日这天，外婆破例为我煮了一个鸡蛋，小姨眼馋得不行，用眼睛瞪我，我本打算分给她一半的，可她骂了我，骂得很难听，所以，我就没分给她吃。

第二天，为报答外婆，我也想给她煮个鸡蛋。我到处找鸡蛋，没找着。外婆将鸡蛋藏到了隐蔽处。我就到鸡窝里翻腾。鸡窝里卧着一只老黄母鸡。它卧在窝里已有很长时间了。老母鸡很凶，见我走近便毛发高耸，发出“咯咯”

的叫声。怕它啄我，我就用了一根很长的竹竿，才将它赶开。一看，窝里果然有蛋，有十几个蛋。

我捡起一个，放在锅里煮，煮了很久才将它捞出来。我还在鸡蛋上画了外婆的一个笑脸。

外婆一会儿从外面回来了。我将鸡蛋给外婆。外婆问我鸡蛋从哪里来的，是不是从鸡窝里拿的。我默默点头。

外婆抓住我的一只胳膊，恨恨地抽了我几下。我觉得莫名其妙。大人怎么会这样呢，好心为她煮了鸡蛋，她不领情也就罢了，还打人。

外婆说："你知道这是什么鸡蛋吗？"说着，就将鸡蛋朝墙上一碰。鸡蛋里是毛茸茸的肉团。

"这是小鸡呀，马上就要孵出来了，你却把它给煮了！"

外婆恶狠狠地重复了我们都曾说过无数遍的俚语：显了个勤，打了个盆。

单　纯

六十七

村子里有一条小河，非常之小，只有三米宽吧，而且也不长，从家门前向上走，不过五公里左右，就能走到它的源头。源头在一座山的石缝中。虽然河小，但是，一年四季水却从不断流。水里生长了好多鱼和螃蟹，当然，小河里的鱼和螃蟹都长不大。最大的鱼也只能长到一拃长，最小的肉眼勉强能看见。

这些鱼虽小，但种类繁多，成了我们童年生活的无尽乐趣。除了天冷结冰，其余的时间，我们最大的娱乐就是在河里摸鱼和螃蟹。我们摸到鱼和螃蟹后，就将鱼按类别分出来，放在河边的池子里，看它们游泳、打架。

大人们从不告诉我们，这些鱼是可以吃的。直到有一天，城里来了一帮地质队的小男孩，他们在水里一边捡螃蟹一边往嘴里塞，我们才知道那些长相如此丑陋的家伙竟有人敢吃，但我们也没人愿意去尝试。

有一天，我和外婆去地质队卖白菜，一个男人说他全买了，让我们把菜送至家里。

我和外婆把白菜送进他的厨房，往墙上一瞅，吓得打了个趔趄。地质队的人真是无所不吃，以前我只知道他们是“吃鸡贼”，这次发现，除了吃鸡，吃猪牛羊和鸡蛋外，还吃蚯蚓。灶台盆子里放了很多蚯蚓。还有一些晾干了的被挂在一根细绳子上的蚯蚓，他们称之为“干豇豆”。我和外婆出来后胃里极不舒服，想吐。我外婆说怪不得他们一脸的“猪嘴龙王”相，原来是吃了不该吃的东西。

六十八

那时，稻田里的黄鳝多得很。我们进去抓鱼时，它们总硌我们的脚，所以，我们都憎恨黄鳝，我们从稻田里捞出很多黄鳝，把它们放在地边上晒。黄鳝的命特长，晒半天，放进水里，它们又能活过来。大人们更憎恨黄鳝。最解恨的办法就是将它们捞出来，扔进猪圈喂猪，可猪也不愿意吃黄鳝。猪不吃生黄鳝，于是，有人做了实验，将黄鳝放进锅里煮，再加入盐。嘿！猪顿时转忧为喜，吃得腾腾的，连汤都喝了个精光。猪喜欢吃煮熟了的加了盐的黄鳝。

喝过黄鳝汤的猪毛发黑油油的。黄鳝能改变猪的毛色！村人大喜，纷纷去田里捞黄鳝，煮成汤喂猪。

那时，没有人告诉我们黄鳝可以用来充饥，我们也从没想象过有一天黄鳝能成为人们餐桌上的一道美味。我们那时称它们为“坏蛋鱼”。

六十九

我们家每年养一头猪。

那年月，猪和牛羊一样，专吃草。年景好了，猪的生活也会跟着变好，食料里会拌些麦麸或番薯什么的；年景差，猪只能和人一样吃糠咽草。人吃菜，猪吃糠；人瘦得皮裹骨头，像猴子；猪瘦得满身红毛，似野猪。

猪最爱吃的草是熊耳朵草，近处的熊耳朵草早让人打光了，我和田小毛、蓝贞每天只能去更远的地方打。天亮出发，天暮而归，便能打下一背篓。

秋天时，就得储存一些干糠，堆在楼上。

我和田小毛、蓝贞都喜欢喂猪，把猪喂肥了，心里难过。猪在被杀或送进收购站前，我们都要给猪吃一顿好的。我会说通外婆，给猪煮一锅绿豆汤或者蒸一锅红豆蔓菁。家里粮食过于紧张时我就把自己碗里的饭省下倒进猪槽，给猪吃了。猪嗵嗵地吃，边吃边哼唧，尾巴一甩一甩，我都会在一旁心酸，落泪。

大人们将猪抓出圈外，绑在担架上，一脸喜悦抬往收购站，我和小姨都跟在后头，如同送新嫁娘一般，高兴，却不舍，难过。

猪过完磅，被推进收购站内大门，猪“吱噜”一声叫，算是跟养了它一年的主人道了别。我们都会抹眼泪，心像让野雀雀掏了似的空。大人们这时多半会怜悯一下我们，毕竟我们为猪打了一年的草。我们都会得到奖励，奖品是一个馒头。国营食堂就在收购站不远处的正街上，那里已经站满了肩扛扁担的人，他们都在拿卖猪的钱买馒头。

吃着热腾腾的馒头，心里还想着猪。可怜的猪呀！而大人们恰时会带着我们到卜吉河边上的交易市场再买一只小猪。小猪替代了大猪的位置，填补了空着的猪圈和我们心灵空出来的地方。

新买回来的小猪，着实可爱，大人们会将它拴在门外逗玩几天。那是猪一辈子最自由的时日，很短，跟它的命一样。

猪小时候好玩，我家的小猪跟小狗一样喜欢撵脚，人走快了，它就哼唧，好像要人等它。我从外头回来，它听见了，狗一样跑过来。看它那么乖、聪明，我就天天给它喂水，天热了还给它洗澡、挠痒痒……

我家小猪长得快，毛发光洁，欢实得如同小驴。

我曾经养过一头名叫“小欢”的猪，它能预测天气。它一拉窝，天就要变，不是要刮风就是要下雨。

七十

冬天的时候，我最盼望的一件事就是一个人去赶集，在集市上看五颜六色的世界，看多得像蚂蚁一样的人群，还能买到一两本小人书，那样我就能一边放“黑眼圈”，一边看小人书了。

黑眼圈是一只奶羊，一身洁白，只有眼圈是黑的，我们都叫它黑眼圈。黑眼圈来我们家已经好几年了。我外婆说我弟弟出生后，母亲无奶喂养他，便用了五升谷子从一个亲戚那里换来了黑眼圈，弟弟便靠吃黑眼圈的奶而活了下来，他因此也得了一个羊的名字。

弟弟随父母离开后，黑眼圈就成了我们家的恩人，我们都疼爱它，过春节时我外公还在它的圈边贴了红对联。立春那天，外婆总在它的角上扎一根红布条。

那会儿，我最大的爱好就是跟黑眼圈抵仗，头对头地顶，时间一长，黑眼圈就习惯了，一见我，就习惯性地撑起四蹄，将头伸过来准备跟我抵仗。

我的盼望终于在这个早上实现了。一大早外婆就给了我一毛钱，说：“今天镇子逢集，你去玩吧，不用管黑眼圈了。”

我拿着一毛钱去赶集，心里美滋滋的。我来到集市，东张西望，什么都不买，什么都想买。我闻到一股香味，就快步来到小吃摊前，看见一个满脸胡子的壮汉，腮帮子一鼓一鼓地吃着油糕，油糕里的黑糖顺着嘴角流了出来；我还看见一个小女孩吃糖葫芦，舌头不住地舔着，却舍不得咬。我实在经不住诱惑，就来到卖糖葫芦的老汉跟前，用大人的口气问："糖葫芦多少钱一串？""五分。""三分卖不？""不卖！"我便红着脸走了。

我一转身就来到一个牲口市场，这里的牛羊和人几乎一样多。我老远就看见一头牛，鼻梁上系着一撮红缨，威武雄健。我心想，要是能得到一头牛该有多好啊，便不由自主地问旁边一位老汉："这牛卖多少钱？"老汉眼珠子一瞪，高举着粗大的拳头，恶狠狠地叫："滚开，虱大的娃，管这等闲事？"吓得我一口气跑进了一条巷子。

巷子不宽，两边挂着五颜六色的花布，我刚跑进去不远，就看见了我外公，他手里拉着我的黑眼圈。外公正和一个人偷偷地议论着什么，像要干一种见不得人的勾当。他们用的是哑语，两只手在衣角里比来比去的。我立即明白了他们在议价。

民间的牲口交易都以这种方式进行，形式酷似哑语，又像划拳或者握手，其特征只限于两人之间，旁观者无人知晓，一般都在隐蔽处进行，如衣角下、草帽中，以手代言，摆出表示价格的手形，相互捏摸，叫作"捏价"。我顿时明白了外公要卖掉我的黑眼圈。难怪外婆那么大方地给了我一毛钱，让我出来玩，原来是故意把我支应走好卖掉我的羊。我也明白了刚才那个卖牛的老汉用拳头吓唬我的原因了。

牲口也是通人性的，当面谈价议价会伤了它们的心。这是以前外公告诉我的。

我在隐蔽处观察外公和那个人，心里气愤而悲痛。

于是，我“呼啦”一下从角落里扑了出去，扑到外公和黑眼圈跟前。外公和那个人都吓了一跳，只有黑眼圈没有受惊，它立即向我靠了过来，用角抵我，我心疼地抱住了它的头。

“外公，你要干什么？我不要你把黑眼圈卖了！”我“哇”的一声，把在场的人都吓得后退了几步。那个和外公交易的人说：“哟，一只老奶羊还值得你这么动情，跟死了娘似的。”那人说后两手一甩走了，外公瞪了我一眼：“好不容易碰见了个买主，让你这下搅黄了。”外公的拳头像铁锤一样砸下来，落到我头上，疼得我眼冒火星。

我死活抱住黑眼圈，不让外公靠近。

外公没有拗过我。

我们把黑眼圈又拉了回来。

一路上外公都没理我，我也没理他。

黑眼圈一路走得很快，不时地用头轻轻地抵我的腿。

傍晚，外婆看我们又把黑眼圈带回来了，先是一喜，又把脸一沉，问：“怎么没卖掉？”外公没说话，转身回屋里了。外婆赶快过来拿了些草喂它，说：“折腾了一天，羊可能饿坏了。”看得出外婆也舍不得把黑眼圈卖掉。

从此，我们一家人再也没提过卖掉黑眼圈。我们几乎都把它看成了家中的一员。可黑眼圈的确很老了，两个奶子蔫瘪蔫瘪的。它的食量开始减退，行动也越来越迟缓。

一年后一个寒冷的夜里，黑眼圈老死了，我和外公把它葬到我们家一块自留地边。

七十一

我外公用两块钱又从集市上买回来了一只又瘦又丑的母羊。那羊几个月后竟然生了一只小羊。外婆外公都高兴得不得了。

有一天我放学回家，刚跨进院子，就听见那只小羊咩咩地叫，那是寻找母亲的叫声。小羊的眼里有一丝焦灼。它饿了，在寻找自己的母亲——那头瘦弱的老母羊。小羊刚刚学会吃草，但那是冬季，干枯的草让小羊总不愿动嘴，它一直在寻找母亲的乳头。母羊的奶水虽不多，但每天也能让小羊饱吃一顿。可这次，小羊再也找不到妈妈了。

母羊被人用三块钱买去，杀死，熬成了汤，给工作队队长老肖驱寒。老肖将母羊熬了一锅汤，天天早上吃羊汤，吃了几个月。

小羊咩咩地喊着妈妈，让我心里极度难过。我的眼前一直晃动着母羊的身影。

我给小羊烧了一个土豆，小羊闻了闻，吃了几口，又开始咩咩地叫。外婆递给我半碗黄豆，让我去大队的豆腐坊换点豆浆。

我每天给小羊换来一碗豆浆。小羊就在一碗碗豆浆里长大。这只羊后来被我命名为“豆浆”。

七十二

我们家的母猫生了两只小猫咪。外婆高兴得见人就夸，说：一龙，二虎，三猫，四老鼠。母猫生得越少越好，生得多了不逼鼠。

然而不久，发生了一件不幸的事。一只小猫在找妈妈时，不小心从楼上掉了下来，摔死了。只剩下一只小猫了。外婆精心呵护着它，天天给它打糨糊吃，可这只小猫咪总不争气，它走路不稳，跟吃了鼠药似的。时间一长，外婆就嫌弃了，装进一个袋子，让我拿到城里去卖。

买主是地质队的一个老太太，她要拿出来看，我说这猫性子急，没准儿会跑的，那人看猫长得确实可爱，就上当了。她给我了两毛五，买下了猫。

第三天一早，小猫又一瘸一拐地回来了。母猫发出温柔的声音迎接它的孩子。小猫走了很远的路，好像是饿坏了，一口气喝掉了一碗玉米糊糊，还吃了半个红薯。

第二天，外婆又将小猫装进一个大布囊里，让我拿去卖。

我没按照外婆的意愿去做，偷偷将小猫送给了小莲。小莲是我干妈的女儿，她和我一样喜欢猫。

小莲没给我钱，我也不好意思要，心里空落落地回到家。

外婆一看布袋空了，就伸手问我要卖猫的钱。我说："昨天那个买猫的付了咱们钱，我又把猫还给人家了。"外婆愣了一下，没再言语。

我突然后悔起来，我怎么没将猫还给那个地质队老太太呢？

猫到了小莲家后再也没回来。

看电影

七十三

第一次看电影是跟我小姨一起去的。那时我还小，基本记不清电影演的是什么，只记得我是让小姨拽着去的。

放电影的人不知怎么就选了一块有几座坟的地方。银幕四周用绳子撑开，上面两角系在很高的竿子上，下面的两个角绑在地面的大石头上。

那晚，起了风，风大的时候银幕会飘来飘去，幕上的人影不停走形，有大孩子不停地喊："鬼来了，怪吓人的。"我怕鬼，就不停闹着要回家，小姨不愿意，就脱下她身上的一件衣服往地上一铺，让我睡觉。小姨说，闭着眼睛就不怕了。

一闭上眼睛我就睡着了。电影演完了，我还在睡觉，小姨叫我回家时我极不情愿，就死活赖着不起来。小姨说：“你知不知道你睡在啥上面了？你睡在坟头上了，底下埋的是死人！”

我“哇”的一声，跳了起来，差点吓掉了魂。

七十四

蓝贞说，电影到第三生产队了。三队队长正吆喝人挂银幕。很多人都给自己占了位置。我们天没黑就行动，背着凳子，约几个大点的孩子一起去看，而大人们嫌远，都不肯去。

去三队的路不好走，要翻越一座红土山，村里有不少关于这座山的鬼的传说，说这个地方曾经有个“鬼市”，夜间经过这里的人时常能听到山间吵吵闹闹，像是人在赶集。也曾有人在黄昏时遇见过“鬼撒土”，一把一把的土从山坡上撒下来，撒在人的头上，听得人头发直往上竖。

可那些依然挡不住电影对我们的诱惑，天还没黑我们就跟着几个大孩子出发了，高一脚低一脚地往有灯火的地方赶，兴奋的心情让我们在过大山时也丝毫没有觉得恐惧。

三队的人都好奇，说：“二队的娃都来了，真野脚，跑这么远来看电影也不怕让狼叼了。”很多歧视的目光落到了我们的身上。不过，我们还是不在乎他们的白眼，给自己四处寻找合适的位置。

三队的人多半都没带小凳子，那是他们的地盘，他们找来砖块、石头、木桩坐着。有母亲抱着吃奶的孩子，还有人把瘫痪在床的老娘也背去了。电影还没开演，人就坐得黑压压一大片。

不好意思的是电影刚开始放映我就瞌睡了，等醒来的时候电影已经放完了，又背着椅子跟着人群往回跑，快到家门口时，我问蓝贞演啥电影。蓝贞说她也不知道。原来，她也睡着了。

七十五

那天晚上，几个男生跑到地质队看了一场电影，据说是个外国片。里面有个骑马的男主角长得威武高大，成了男孩心目中的偶像，许多男孩都渴望自己也能骑一回马，但，我们生产队只有牛，没有马，连驴和骡子都没有。

于是，贺发顺就提议，生产队的一头母牛半年前下了一头牛犊子，牛犊子虽然不是马，但凑合一下也能当马骑。不如去试一下吧，说不定它很乖顺呢。当然，生产队的大牛很多，可大牛都太凶猛，谁也不敢惹，更不敢骑。

贺发顺和牛新顺就趁没人注意时将一头小牛犊牵出牛圈，尽管牛圈的母牛不停抗议，“哞哞”地叫。

贺发顺抱住小牛的脖子，第一个骑了上去。

小牛的背从没被人骑过，不习惯，疯了似的往前蹿，一蹿，贺发顺就死死地将牛头抱着，只能任凭牛往前冲。

骑牛骑到粪池里

小牛不停地跑，几个小子跟在后面紧紧地追。

小牛载着贺发顺跑过打谷场，又穿过一片矮矮的苞谷地，突然来了个转身，直直地奔向公房边的公共厕所。那是全生产队人干活时上厕所的地方，尽管很多人不想肥水落了外人田，有屎尿了也要尽量憋着，等回家了拉到自己的茅坑里，但公家厕所也积攒了不少粪水。

载着贺发顺的小牛没等贺发顺脱身，便一头坠入了公厕。

人和牛在粪池子里扑腾。不过倒也庆幸，他身边跟着张希望和牛新顺，他们死狼一样号叫，唤来了打谷场上忙碌的大人。

大人们拿来粪勺，先捞出贺发顺，再捞出了小牛犊。贺发顺和小牛都喝了不少粪水。

我们问贺发顺喝了多少粪水，臭不臭，贺发顺将头往后一甩，说："就喝了两口，不臭，权当喝了两口汽水。"

七十六

我们又继续看一成不变的电影，《平原游击队》《奇袭》《智取威虎山》……这些电影我们看了无数遍，但还是一遍遍地看。

有一天，贺发顺突然向大家宣布，电影站要放映一部新片子，但不在我们村。

啥电影？在哪个村？我和田小毛、蓝贞都很好奇，渴望看场新电影的心情都很迫切。

《银幕下的狗熊》，在胡家庙村呢。

好家伙，如此让人垂涎的电影。

我们没等天黑，就老早出发了。

去胡家庙的路平坦，却远，要穿越一片长着黑黢黢柏树林的墓地，阴森森的，让人十分害怕。

贺发顺在前面带路。田小毛、蓝贞、张希望和我在后面紧紧跟随。

我们走了很久才到达村口，一看，四周静悄悄的，没有听到磨电声。那时放电影靠发动机发电，我们都不知道那个笨重的能发出巨大声响并能让灯泡发光的铁疙瘩到底叫什么名字，所以，便称它为“磨电机”。

听不见磨电声就意味着不可能有电影。放电影之前总是先要磨电，有时，太阳老高就开始磨电了。

我们都失落得要命，都怪贺发顺那张烂嘴，害得我们跑这么远的冤枉路。

贺发顺说可能是走错地方了，说不定在地质队演呢。我们又开始翻山越岭，往地质队赶。

别提有多失望了，地质队大门紧闭，估计住在里面的人全都入睡了。

贺发顺说，赶紧回家，要过丰阳河，前不久，丰阳河才枪毙了四个犯人，太晚了就要撞见鬼了。

田小毛“哇”的一声就哭了。我也吓得够呛，两腿稀软，几乎走不了。

贺发顺就从地上捡了几个石头，说，他走在后面，后面危险，因为鬼总是袭击人的后背，万一遇见鬼了，他就用石头砸鬼的脑袋。

一路上，我们谁都不敢说话，只能听见各自的心在咚咚地跳。

突然，贺发顺的屁股上挨了狠狠一脚。他一声尖叫，这一声尖叫把我们全吓瘫了，一窝蜂似的捂住脸，蹲下身，齐声号叫，完全用得上“鬼哭狼嚎”来形容。

贺发顺首先止住了哭，他回头看“鬼”时，看见了一张很熟悉的脸。原来是他哥。他哥来找他了。这么晚不回家，家里人以为他让狼给叼了呢。

七十七

石猴子有一个响亮的大名：石坦克。是他爹当年想当兵，开坦克，未如愿，随即生下了他，便为其取名为坦克。

石坦克学习不好。和他一起进校门的同学早进城读中学了，他还蹲在五年级，这一蹲就是三年，像一棵老了苗的庄稼。音乐课上，石坦克五音不全的嗓门儿大得能吓死人。有一次，音乐老师来了脾气，她素手一闪，一道白光，“啪”的一声，石坦克的脸上就挨了一巴掌。这一巴掌落下，教室就安宁了，歌声也整齐了。

石坦克的脸在打过之后，红了一阵子，但很快就过去了。他说，他之所以不跟音乐老师计较，是因为她长得漂亮，放别的老师，他就不会那么客气。

石坦克调皮捣蛋，学习又不好，但爬树、上杆的动作跟猴子似的，灵活、麻利，无人可比。电影站老汪很喜欢他。老汪每月来村子放两次电影，挂幕卸幕的活儿都由石坦克无偿帮忙。老汪一见石坦克就满脸堆笑，“猴子、猴子”地叫。“石猴子”就是老汪那时叫出来的。

老汪时常给石坦克一些胶片，作为奖励。石坦克就把胶片拿到教室给同学炫耀，分给和他相好的同学每人一段，说，热尿把胶片一冲，就能洗出照片来。同伴一听尿能冲出照片，顿时来了劲儿，立马齐刷刷地在教室站了一排，拿尿冲照片。结果照片没冲成，却让校长看见了。校长把头伸进充斥着尿臊味的教室，一眼确认出石坦克就是罪魁祸首。他提住石坦克的一只耳朵，将他摔出了门外。校长说这近乎一场流氓事件，必须杀猴给鸡看！于是，石坦克就被校长开除了。

出了校门的石坦克突然没了主张，他白天四处游荡，晚上跟着老汪到各村演电影，帮老汪挂好银幕，然后，坐在老汪身边看他模仿电影里的动作。石坦克是除了生产队长外唯一能坐在电影机旁的人。他开始有了点身份。石坦克

白跑一趟看电影

经常把要上映的片子提前告诉我们，这让我们无比兴奋。有一次，他说，今晚蔡家原将上演一部新片，叫《白跑腿》。我们只看过白毛女，哪听说过有“白跑腿”的电影名呢？石坦克一脸严肃地说是真的。

那晚，我们背着凳子，太阳没下山就去了蔡家原，可那里静悄悄的，连个演电影的迹象都没有。突然发现上了当，便立即往回折。石坦克正站在村口，一脸坏笑，还理直气壮地说:“我早就告诉你们是白跑腿，你们还要去，我有啥办法。”

七十八

那天晚上，我和田小毛看电影回来时去她家过夜。田小毛的妈妈从衣柜里找来一件破旧的衣服，剪下一大块稍好的布，在煤油灯下一针一线地给田小毛缝制书包。于是，第二天上学时，田小毛的背上就背着一个新书包。她脸上洋溢出的得意神色让全体同学羡慕而自卑。从此，我们很多人都有一个最大的心愿：拥有一个书包。

那几天，有一个长相英俊的年轻男子总到我家来给我二姨送糖吃。估计他是爱上我二姨了。二姨还偷偷把鸡蛋煮熟，塞进他的口袋里。有好几次都被我发现了，我就去向外婆和外公告状，可他们从不搭理我，让我很没面子。我还看见二姨总在灶洞里偷偷地给那个人烧馍馍吃，馍馍里面包了一疙瘩油泼辣椒，那是有一番用意的，目的是能将他辣（拉）住。那个人有一天晚上终于和二姨一起进了附近的玉米地，也让我看见了。这一次，我没有向外婆告密。因为我也挺喜欢那个人的，相比之下，我更喜欢他背上背着的那个漂亮的黄色书包。

不久，我就理直气壮地唤他姨夫，一看见他背着黄书包到我家来，我都会围着他转。

他背的黄书包上绣着一行隽永的字——为人民服务。那字是红色的，十分耀眼。我直勾勾地盯着那行字，目光许久都不愿意离去。心想要是我能背着这么漂亮的黄书包上学该是多么的神气，那样，小伙伴就会羡慕我，而不是田小毛。我想要，可又羞于启齿，连晚上做梦都梦见那个书包，梦见姨夫送给我了，我高兴地用手抓住，咯咯笑，脚一蹬，醒了，原来是做了个梦。

那天晚上，队里又演电影，姨夫又背着那个书包来了，里面装了不少糖果。我们队里只要演电影，姨夫一准儿准时抵达，还不是想趁没人在家的时候，关起小房子的门和二姨亲热一下。那晚，他显然很高兴，发给我们每人几颗糖。趁他高兴，我便来了勇气，小声对他说我想借用一下他的书包，姨夫的笑就僵住了。过了一会儿，他拉我到房角，小声说："不是我不借你，那书包是我从朋友那里借的，回去就得还人家。"

我顿时羞红了脸。

名字能用来骂人

七十九

那个年代很特殊，我们攻击一个人时，首先要攻击他的父母。攻击他父母必须打听出他们的名字。所以，父母的名字对每个人来说都是必须守住的秘密，跟国家机密似的，大家都尽力地保密着，以防泄露，让人知道了就会叫出去。

我童年最恼人的事是我们家庭成员的名字。

我外公大名叫宝权，爸爸叫道久，妈妈叫喜花。报名的第一天，就让同学抓住了小辫子。暴露我们家人名字的是我三年级的班主任。这件事，我一直耿耿于怀。

我成了班上被攻击的第一人。那些年龄大的孩子，一边看着我笑，一边伸出手，嘴里大声喊着酒令：宝拳一对，喜

名字可以用来骂人

花倒酒！一句话，把我们全家人都带上了，这对我打击很重。

八十

学校要建一个沼气池，要求每个学生每周六下午必须捡一笼牛粪。社斗他爹有五头牛，社斗因此而变得傲气十足。午饭后，他提着粪笼，扬扬得意地跟着他爹上山放牛去了。他是全班捡粪最多的一个，没少得到老师的表扬。为能让老师在全体同学面前表扬一次，我叫上蓝贞，各自提着一只粪笼，跟在他们后面捡牛粪。我们目不转睛地瞅着每头牛的臀部，希望它们早点拉屎，多拉点屎。五头牛不定时拉粪，但都是稀粪，多半都拉进了石头缝里。这让我们无比失望。我们一边瞅着牛尾巴，只要牛尾巴往上一翘，就有拉屎的可能。可牛的尾巴都夹得紧紧的。我们一边责备牛不拉屎，又一边责备牛不该将粪拉到石头缝里。很快，社斗和他爹都不愿意让我们捡他们的牛粪了。他们用眼睛瞪我们，他爹恶狠狠地对我们说："我的牛把屁股拉烂，也拉不满你们的几个粪笼。"

我们便憎恨起社斗和他爹来，可也没办法，要知道他爹是队里有名的饲养员哩。

社斗他爹名字叫山娃，很早就得了"鬼剃头"病，头发一块一块地掉，难看得像只脱了毛的公鸡，人们都叫他"秃子"，把他的大名全忽略了。

我们连夜给社斗他爹创作了一个段子：

秃子秃子，咣咣——
把牛吆到梁上，
梁上没草；
把牛吆到沟脑，
沟脑一树山核桃，
砸开吃，
没瓤，
山娃就是个秃瓢儿。

八十一

很多同学动用心思，设法从一些同学父母的名字中找出可以用来攻击的缺口。

杨大力他爹的名字终于被探听到了，是几个同学从校门口张贴的大字报下面找到的。杨大力的爹叫杨永，小名特难听，叫“驴”。据说是他出生那天，来了土改运动，他们家分了一头驴。他就被叫了个“驴”的小名。

驴最大的嗜好是告状，写大字报，有事没事喜欢在学校转悠。一天，他看见一个男老师留了几根胡子，就给这个老师写了满满一墙壁大字报，说他是“毛胡”，不配为人师表，大字报落款的地方公然地签了他的大名和小名。这样一来，那个“毛胡”老师倒没人在意，而他却因叫了个“驴”的小名而名满校园。

那些日子，粮食短缺，为了糊住更多饥饿的嘴巴，生产队大力种植高产豌豆。

家家户户厨房里，上顿下顿全是豌豆，炒豌豆、煮豌豆、豌豆糕、豌豆凉粉……吃了豌豆的人，夹不住屁。教室里屁声此起彼伏。女同学多羞怯，往往憋得满脸通红。而杨大力就不顾羞耻，他一点儿都不在乎他身边坐的那个漂亮女生的感受，屁跟流星似的，一放就是一大串。他同桌，那个漂亮女生没少遭罪。

就在这杨大力的屁风很难刹住的时候，一天，黑板上出现了一首打油诗：吃豌豆，放驴屁，给驴说，驴不信。

哈！杨大力他爹，驴的软肋被抓住了。同学们见了杨大力就大声喊，大声叫。

有一天，我也大声喊着：吃豌豆，放驴屁，给驴说，驴不信。突然，我的脑壳被重重地击了一拳。原来，杨大力的爹，驴，正好跟在我身后。他说：“你啥时给我说了？我不信？我怎么不信？”吓得我撒腿就跑。

八十二

张跃进、杨晓阳、李大力，王小琴，他们来自714学校。我们用了一学期时间都没有打听出他们父母的名字，就只得给他们另取新名。张跃进长得胖，就叫他“柏油桶”；杨晓阳脸特白，就叫他“白脸瓜子”；李大力皮肤黝黑，就叫他“黑煤球”。

王小琴最喜欢冲英俊男生笑，她眼睛小，头发多，脸又黑又长，像电影里的特务，大家就叫她“特务”。可王小琴没有一丝生气的样子，依旧冲张宇航笑，尽管张宇航从不领她的情，从不瞥她一眼。

有一天，王小琴从书包里掏出一块牛皮糖，偷偷塞进张宇航的课桌抽屉里，张宇航脸一下子红到了脖子根。这一幕被张宇航的同桌看见了。坐在后排的王铁蛋和我也都看见了。大家一哄而上，抢吃了王小琴的牛皮糖，还顺便给张宇航取了个小名：牛皮糖。

八十三

小蛮女来自外省，说话带着很浓的地方方言。我们都叫她“蛮子”。蛮子是我们班最捣蛋的人，也是最坚强的人。她一生最感自豪的是她从没哭过，没掉过眼泪。我们都不相信，但很长时间里，我们确实没有亲眼看见她哭。她说所有孩子生下地都会哭，可她没有。不仅没哭，眼睛还睁得老大，把接生婆吓了一跳。有人说蛮子将来长大了一准儿是个大人物，说不定还能当女官。

于是，我们就想尽办法想将她弄哭，比如，我们找碴儿打她，把她压进河里，眼看快要淹死了，她都不曾哭。

正当我们羡慕她的坚强时，一件意想不到的事发生了。蛮子的爸爸从外地转业回来，刚走进城就被抓了。一帮“红袖章”把路拦住让他背“老三篇”，背不过就不让通行。他恰好没背过。“红袖章”问他哪里人，他说是太原人。由于他的方言太重，说话一紧张就有些结巴，咬不清字，“红袖章”们把“太原”听成了“台湾”，于是，那帮人立即将蛮子的爸爸压到审判台上批斗，说他是从台湾来的特务，腿当场就被打得一拐一拐的。

蛮子多年没见过爸爸，好不容易见到了，却被人打成那副模样，她心一酸，“哇”的一声就哭了。

蛮子哭的时候，我和蓝贞、田小毛也都哭了，好像她的爹就是我们的爹一样。蛮子从此沉默寡言，不久就全家搬迁，回了老家太原。

八十四

唐凡云的妈妈是粮食收购点的职员。她是个恶女人，唐凡云从她妈妈那里遗传了恶的基因。唐凡云和我是同桌，常在桌子上画一条“三八线”。我胳膊一不小心，撞过了线，她就骂我。

唐凡云的爸爸工作从不积极，他天天在家做着女人的事，洗衣、做饭，在井边转着辘轳汲水。没有人知道他的名字，只知道他姓唐。

他是电影站的站长，晚上站在电影院门口，专抓那些不买票偷偷混进去的孩子，逮住了不是扇耳光就是用脚踢。他穿一双笨重的火车头胶鞋，留着光头，披一件蓝色大衣，眼睛跟鹰一样敏锐。我们想看电影，可没钱买票，在电影院门口经常被他踢。于是我们就给他取了个难听的名字：狗头罐。当然还有其他更难听的名字。

在童年的记忆中，男人和女人都很凶，而最凶的还要数唐凡云的爹和妈。唐凡云又一次趁我不备，用钢锯条戳我的眼睛，不是我反应快，我的眼睛可能已被她戳瞎了。

于是，我就大声喊着唐凡云和狗头罐。

辘轳响，唐站长；
辘轳转，狗头罐；
辘轳巡，唐凡云。

八十五

唐凡云的哥叫唐福，做着检疫员的差事，每天提一串公章来到“黑市”肉摊给猪肉盖公章。

那时，只有在“黑市”上才能偶尔见到几个卖猪肉的乡下人，他们的买卖也不大胆，碰到风头上，猪肉有时就会遭到没收的危险。但不管如何，那些在市场上买卖的肉必须得到检疫员的检验。

“黑市”摊点随处可设，摊主们都喜欢将摊点选择在人烟较稠密的村口或马路边的宽阔地带。

唐福每天一大早就到处找卖肉的摊点，看见卖肉的，就取下裤袋上那串又长又宽的公章，“唰啦唰啦”地摇着，只要他的公章在猪肉上“砰砰砰”摁几下，肉就立即变成了合格肉。

可唐福在盖章前总要摆出一副架子的，他把砍肉刀拿在手上左右晃动，拨开肉皮，一遍遍查看，说是看成色。他的眼睛就是检疫器，用刀戳一戳，用手捏一捏，就确定了猪肉是否存在问题。

而卖猪肉的摊主早已摸清了唐福的脾气和喜好。谁不给他猪腰子，他是概不肯给谁盖章的。

卖肉的人都知道唐福喜欢吃猪腰子。为能让他顺利盖章，他们已经提前为他备好了，两个猪腰子已经用细绳子绑在了一起，只要唐福的章子往猪肉上一盖，就会立即递到他的手上，这已经是约定俗成的，谁都不用客气。唐福回家时肩上挑着一杆秤，秤是他用来监督摊主缺斤少两的。那杆秤一头挑着一串公章，一头挑着一串猪腰子。唐福把他管辖范围内的摊点上的肉盖完章就差不多下班了，他迈着碎步，哼着秦腔一摇一摆往回走。

唐福说相比猪身上的其他地方，他更喜欢吃猪的肾，这是因为他的身体里只长了一个肾，吃啥补啥嘛，他吃猪肾就是为了补他的那个空缺的肾。

有人开玩笑问他：“你吃了这么多的猪肾，会不会长出一个猪肾来？”他也不生气，有时沉默不语，有时憨憨地回一句：“只要腰不疼就好了！”

唐福一进入冬季就腰疼，就需要更多的猪腰子来补。这样，他爱吃猪腰子的嗜好人尽皆知。人们慢慢不再叫他大名，开始叫他“猪腰子”了。大人小孩见他，都统一喊他猪腰子。

唐凡云因有一个爱吃猪腰子的哥而被我们更换了名字。我们也喊她猪腰子。

春天还没到来的时候，唐福就死了。据说他死于肾病。有人说：春不食肝，夏不食心，秋不食肺，冬不食肾。唐福冬天吃了太多的猪肾，补过火了，把自己唯一的一个健康肾补坏了。

人和事

八十六

蓝贞又告诉我一个好消息：生产队抓了一对“破鞋”，关在公房里，工作组等会儿要来开斗争会。蓝贞催促我赶紧去看，晚了，斗争会就结束了。

一路小跑，边跑边想，这工作组也真是的，审判一双破鞋干吗？我以为他们真要斗争一双烂了的鞋子。

蓝贞说破鞋就是男人和女人在玉米地里睡觉。我们那时还不大明白睡觉和破鞋有啥关联。后来才知道，对破鞋的定义不仅是奸夫淫妇，野地里搞对象也算搞破鞋。九群和王天舍在地里谈恋爱，就算是一双破鞋了。

九群是生产队长的女儿，王天舍他爹和他娘都是地主成分，是审判的对象。

拉了一夜二胡

我们赶去时，看见王天舍抱着膀子，蹲在公房的一个角落里，黑黝黝的臂膀裸露着，显得很健壮。那是农村人最不喜欢的长相。农村人都喜欢那种文弱的、白白静静的书生模样的男人，王天舍长了一身疙瘩肉，很不讨人欢心，有人恶狠狠地说他适合到法院捆犯人。

王天舍除了身体健壮外，还具有拉二胡的才艺，他每晚都坐在玉米地边拉二胡，二胡声期期艾艾，把九群就吸引来了，九群装着去玉米地里抓萤火虫，便和王天舍接了头，还亲了嘴，于是，他们俩就成了破鞋。

我发现搞破鞋的女人都长得比别的女人好看些，比如九群就比那些不搞破鞋的女人好看。

王天舍受审完毕后，拉了一夜二胡，彻夜拉，一村子人那晚都没睡，听他拉二胡。

九群后来嫁到山外。有人说，她是不想背“破鞋”这个恶名才愤然嫁到山外的。

八十七

家住第五生产队的银铃爱打扮，银盘大脸，耳朵上还挂着两个铜耳环。镇上一些干部都爱往她屋里钻。有一天夜晚，几个背枪的民兵夜间巡逻，发现了“敌情”。银铃也搞了破鞋，是跟工作组一个干部搞的。银铃被抓的时候，下身只穿着一条红短裤，邻居的一位老太太看不过眼，就脱下了自己身上的黑布衫子给她披上。银铃吓得缩成了一疙瘩。

那是阶级斗争新敌情。银铃用资产阶级美色拉拢腐蚀革命干部，罪加一等，她被严刑拷打，如实交代了她的罪行。

银铃成了“陪批员”，每天游街，和地富反坏右“四类分子”一起接受人民的审判。她没有被五花大绑，但写着“资产阶级破鞋”的黑字白底的牌子却挂在胸前。民兵们真枪实弹押着那些他们眼中的坏人在前面走，我们一帮小孩就疯了似的在后面追，那场面的确声势浩大，一天没吃饭，也没觉得饿。

那天我过度兴奋，很晚才回去，挤掉了一只鞋，被外公关在门外，我光着脚，用力拍门。外婆回来得更晚，待她进屋，我已睡着了。醒来时已是中午，我错过了又一场批斗会。

八十八

队长侯长江有个疯子母亲。她以前好好的，属于正常人。可有一天，她当队长的儿子侯长江在指挥群众盖公房时，不慎掉进了稀泥坑，成了泥人，跑回家换衣服，一进门和母亲碰了个正着，像个泥猴似的，站在门口傻笑，他母亲当场吓得眼目圆睁，“哇”的一声，晕了过去，醒来后就疯了，成了疯婆子。

在那个年代，开批斗会是家常便饭，且多半由队长主持。

队长侯长江有一天组织群众批斗一个偷了生产队玉米的光棍。光棍站在台子上，低头认罪。他的罪还没认完，队长的疯母亲就赶来了。他母亲登上台开始发言，大声嚷嚷是她发现的，是她当场抓住了偷玉米的光棍，光棍还给她分了两个玉米棒子，并且在玉米地里哄她要和他睡觉，还承诺说，睡完了给她钱。之后，他们就睡了，睡后，她要钱，光棍却没给她。

队长母亲站在台上高声问大家：“你们说他是不是东西？”会场欢声雷动，主持会的队长，她的儿子侯长江，顿时羞得低下头去，悄悄地溜了出去。

队长从此再也没主持过批斗会。

八十九

廉叔在布满泥泞的马路边吃饭，一辆军用汽车从面前呼啸而来。汽车的后轮胎把地上的一颗石子弹了起来，石子不偏不倚地砸到他的脑袋上，他的脑袋就被砸出了一个洞，疼得他龇牙咧嘴，捂住流血的伤口，跳脚大骂。他的骂词里带有诅咒成分。他诅咒那辆汽车会翻，那辆汽车没跑多远果真就翻了，翻进了沟底。

廉叔当晚就被抓了。因为有人亲耳听见他骂了军车，也亲眼看见那辆车在他骂后没跑多远就翻了，证据确凿。

有人说他嘴巴里长了流毒，竟敢把军车骂翻！几个人就拿着火钳撬他的嘴巴，看看他嘴里面是不是真长了毒牙或者流毒。

廉叔的门牙被撬掉了两颗，又判了四年有期徒刑。

罪名：骂翻汽车犯。

九十

那一晚刮了西北风，生产队队长扯着脖子吹哨子，拉着破锣般的嗓子喊社员去公房分最后一批玉米棒子。我背着背篓去排队，那时候分任何粮食都得排队。王占奎来得最晚，背着他又高又破的背篓强硬地挤到了我的前面。他背篓上的一根很长的竹篾刺伤了我的一只眼睛。我扯着比队长更高的嗓子哭，却没一个人理我。记忆中，王占奎不仅没理我，还加塞提前分了玉米。我的眼睛又红又肿，几天都看不清眼前的人和物。

反正没人理，我用手捂着一只眼，嘴边不离地喊一句话："王占奎滚坡！"那是我们那个年代的咒语，只要恨谁，就咒谁滚坡。

你说怪不怪，没过几天，王占奎真的滚坡了，是他上山放牛时滚的。他的两头牛抵仗，他从中阻拦，被一头公牛顶下山坡，人倒没死，却残废了，成了瘸子，依着两根拐杖走路。虽然我很称愿，但稍长大后还是觉得不妥。因为放学回家的路上总能遇见他，他一瘸一拐走路的样子让我后悔，我不该那样咒他！

九十一

记忆中，冬天总是漫长而寒冷，不间断地下雪，山里的野生动物找不到猎物就跑出山觅食。一连几天，村子里各家各户的鸡半夜时莫名其妙被什么动物抓走了。有人在雪地里发现了狐狸的蹄印。经确认，蹄印非一只狐狸，而是一群，是狐狸族群倾巢出动来村子抓鸡的。狐狸狡猾，硬抓不容易。但村子里已经有人开始动手了。一个叫满仓的人想了个招数，将包有炸药的红薯丸子用猪油一炸，放在狐狸必经的路上，狐狸老远闻到丸子的香味，急忙赶来叼炸药丸子，“嘭”的一声，丸子就爆炸了，狐狸的整个嘴巴就炸飞了。满仓整夜竖起耳朵听动静，一段时间下来，收获不小，弄了七八张狐狸皮。

有一回，他又炸出了一盘炸药丸子，放在案板上就到山上转悠了，他背着手，嘴里叼着一根很长的旱烟杆。没走多远，就听见家里发出了爆炸声。满仓惊慌失措往回跑。哎哟，我的妈呀，厨房的地板上躺着一个娃娃，捂着嘴巴嗷嗷地在地上滚。满仓将人搬开一看，顿时吓得嘴巴直哆嗦。被炸的人正是自己的小儿，名叫淘气。

淘气进门，见案板上放着一盘金黄色的香喷喷的红薯丸子，抓起就往嘴里塞，刚一咬，就爆炸了。他的下巴被炸掉了。

淘气运气不错，恰好遇见了一位从上海下放而来的右派医生，医生医术高明，在没有任何医疗措施的条件下，将他的下巴接上了。淘气的下巴虽被接上，但嘴巴却一直歪斜着。

九十二

五外婆叫喜鹊，脚小得还没有五外公的拳头大。她的生育能力特别强，一口气生了十二个娃娃。都说五外婆生娃比母鸡下蛋都容易，母鸡下蛋后还要炫耀一番，她生娃叫都不叫一声。

五外婆四十多岁的时候，眼睛就瞎了一只，瞎了一只眼睛没有影响到五外婆的生育，相反，她生娃的能力更盛了。她的炕很大，上面铺着一层厚厚的稻草。由于生活拮据，无法给孩子们买做衣服的布料，五外婆索性将生下的孩子全都扔进稻草里抚养。夏日一到，孩子们爬出草窝，一丝不挂在地上随心所欲胡蹦乱跳，爬高下低，冬季天气一转冷便全都钻进草窝里取暖。五外婆的炕像个巨大的狗窝，稻草里卧着一窝窝娃娃。

从稻草窝里最先出来穿上衣服的多半是年龄到了五六岁后的女娃。至于男娃，那得长到一定大小才能有资格穿上一条裤子。穿上衣服的女娃脚上依然没有鞋子。记忆中，五外婆家的孩子基本都不穿鞋子，他们鸭掌似的脚底都长着一层厚厚的姜黄色茧子，那是脚的保护膜，足以有效地保护他们的双脚不受石头、瓦渣、荆棘的伤害。

五外婆一天只给孩子吃一顿饭，她认为，孩子多半时间都在睡觉，睡觉不消耗体力，没必要吃太多的饭。

她也从不给孩子喝水，谁喊口渴，她就随手从炕上扯一根稻草往孩子嘴里一塞，孩子咀嚼着稻草，就不渴了。

草窝里养出的娃娃个个长得虎头虎脑，他们很少生病，甚至连感冒这么小的毛病都不易患上。一些人禁不住向她询问养娃秘方。她说，哪有秘方呀。娃一生下来不给衣服穿，他就习惯了不穿衣服；从小吃一顿饭，时间一长，他们也就习惯了一顿饭。病，一半是吃出来的，一半是热出来的。

奇　迹

九十三

村西头靠看相混饭吃的大仙又到我们家来了。他缠着我外婆，说要给我看相。外婆说："那你就看看吧。"大仙说我下巴长了一颗美人痣，绝对是一个有福相的人。

我外婆一开心，从鸡窝里摸出一个鸡蛋，递给大仙。大仙把鸡蛋在地上"叮当"一碰，碰出一个孔，又轻轻一捏，"刺溜"一声，灌进他张开的大嘴巴里了。

我第一次知道，鸡蛋还可以生吃。大仙吃得津津有味。

我二姨婚后，第三天回娘家时，大仙又赶来给我二姨看相，说，我二姨下巴圆润，有旺夫之相，定能儿孙满堂，夫唱妇随白头偕老。我外婆又一开心，给大仙从鸡窝里掏出了两颗鸡蛋。

楊氏宗親
送娃將來出息大

从此，大仙理直气壮地来我家混饭吃。

一天，我一位做炊事员的远房叔叔来我们家做客，大仙又给我叔叔看相，说我叔叔臀宽肚圆，是个党员；脸大眼细，是个书记。全家人开怀大笑。从此，我外婆就再也没让大仙到家里混过一顿饭，吃过一个蛋。

九十四

村东有个人叫余多多，好酒。他每天都要喝酒，没有酒喝，他就躺在床上起不来，像死人一般。

余多多一到冬天就开始筹备酿酒，柿子酒、甘蔗酒、红薯酒、高粱酒。即使最困难的日子，他也能想出办法酿几坛子酒出来。

余多多有句名言：酒是粮食精，越喝越年轻。

余多多一喝酒，饭就吃得少。在那个粮食极度短缺的时代，即使他整天喝酒，也没有遭人过分嫌弃。因为他食量小得出奇。他把省下的粮食全部用来酿了酒。

余多多到了五十岁的时候，身体瘦成了一把骨头，失去了走路的力气。家里人本不想管，让他自生自灭。余多多命不错，村里碰巧来了“送医下乡”医疗队。医生们一起会诊，觉得应该给余多多动个手术。

余多多被送往城郊地段的医院做手术。

医生从他的胃里取出了一条又粗又长的虫。虫子的头和上半身全是黑的，把医生们都吓了一跳，他们以前从没见过这种虫子。

如何给这条虫子命名呢？不叫蛔虫，那叫什么？患者喜酒，这虫子以酒为生，就叫“酒虫”吧。

余多多肚子里的酒虫被去掉了，他就再也不喝酒了。

有人问他还想不想酒，他说不想了，酒到嘴里是苦的。

过了两年，余多多恢复了人形，也恢复了体力，食量激增，长得又粗又壮，力气大得能扛两百斤麦子外加一斗谷子。

九十五

和田小毛去坡上摘野花的路上，正好碰见“神医”洪美吉被几个男人压在地上打。洪美吉“哞哞”地哭，哭声粗得像老牛。

田小毛说，“神医”给王大柱他妈种了“奶花”，王大柱他妈的两个乳房肿胀得跟豌豆发糕一样。

王大柱的妈妈长得漂亮，是村子里最漂亮的女人之一，很多男人都想跟她说话。洪美吉更想跟王大柱妈妈套近乎，王大柱妈妈不理他，他就跟在她身后，踩着她的脚印走了几步，并挖下她脚印里的泥土，做成两个泥乳房，在泥乳头上各扎一根毛毛草，放进草窝里，念了咒语。这样，风一吹，毛毛草随风摇摆，王大柱妈妈的乳房就疼。那天天气不好，风悠悠地吹，王大柱他妈用手揉着两个乳房在门外大声叫喊。好端端的乳房咋说疼就疼呢？王大柱妈妈知道一定是洪美吉使的坏，就让人去质问。洪美吉当然不承认，她就找人去打。

洪美吉经不住打，最后还是如实招了。他从野地的草窝里取出了两个泥巴乳房。洪美吉被打得更狠了。据说，惨遭一次暴打后，洪美吉的法术再也不灵验了。

九十六

我害了红眼病，眼睛红得像两只红灯笼，外婆又带我去了河对岸董仙婆家。

董仙婆看了看我的眼睛，问我最近是不是看到过什么。我想了想说："什么都没看见，我眼睛疼得厉害，哪能看见东西呀？"董仙婆就从门外的菜地里拔了一根葱，用葱蘸了点蜂蜜，吹到我的眼睛里，这样，我的眼睛彻底看不见了。我在床上躺了一天，眼睛都睁不开，拼命睁开，什么也看不见。我想，这下我的眼睛一定瞎了。一想到马上要瞎了，我便委屈得直想哭。于是，我就放声地哭。我哭了很久，却没一个人理我，家里人都不知了去向。我几乎哭了整整一个下午。

可能是哭累了，我迷迷瞪瞪地闭上眼睛睡着了。

是田小毛将我唤醒的。她问我眼睛好了没有，我睁开眼睛，眼前的景物清晰如水。我的眼睛竟然好了。

事后，我一直不明白，治好我眼睛的到底是董仙婆的秘方还是我哭出的泪水。

九十七

秀芳躺在床上，闭着眼睛不说话。她病了一个月也不见好。我和田小毛、蓝贞去看她。屋里黑洞洞的，没点灯。一个五十多岁的男人站在堂屋，和秀芳家人商量是否要给她输血。他们称那人为“先生”，是从过凤楼那边请来的神医。秀芳她爹说：“输就输吧，我长得胖，血多，就抽我的血吧。”说着，就挽起衣袖，让先生抽他的血。

先生就从秀芳她爹的胳膊里抽了黑黑一管子血，输给了秀芳。

先生在秀芳床前站了不大一会儿就走了，秀芳她娘给他打的荷包蛋，他都没吃。有人劝秀芳她娘把鸡蛋喂给秀芳吃。秀芳她娘就端来鸡蛋，给秀芳喂。她把手往秀芳额头上一搭，顿时就“哇”的一声。秀芳已断气了。屋子里号声大作，顿时哭声一片。

“可怜的孩子，死在夜里，连口水都没喝。”我看见很多人边说边抹眼泪。

她得的啥病？我问很多人，他们都说不知道。

很多年后，我才知道秀芳的死与输血有关，那个先生给她输血显然是错的，是导致秀芳死亡的真正原因。

那年秀芳还不到八岁。

九十八

我们家养了一大群鸡。公的母的加起来大概有三十只。养鸡是为了卖鸡蛋，以此换来日常必需品。

那会儿，我因手勤脚勤受到外婆嘉奖。奖品是一只母鸡，一只正在“赖抱”的母鸡。母鸡整天咯咯叫，不怎么下蛋，但每隔几天还能下一个半个。我好快乐，成就感大增，立即为我的鸡取了“田小毛”的名字。我没有征得田小毛同意，田小毛为此还跟我吵了一架。为报复，她弄回来一只小狗，兴奋地跑来告诉我，说，她也把我的名字用给她的狗了。叫“二丫”。我虽然当场就同意了，但心里还是有点儿不乐意。好在我们扯平了。

我天天等着我的私有鸡田小毛能为我下蛋，下更多的蛋。因为我想买一双塑料凉鞋。那时我们穿的全是布鞋。布鞋穿脏了不能洗，还又臭又脏。

我让隔壁的阿强帮忙，找来了木头、废电线、一个锤子和许多钉子，为田小毛修了一个“专有窝”。田小毛白天可以跟着外婆的鸡一起进食，晚上也可以跟外婆的鸡一起睡觉，但，下蛋时必须回到我为它建的“专有窝”里。它下蛋的多与少直接影响到我的富与贫。所以，我每天都盯着它下蛋前的迹象：它的冠红不红？鸣叫声长不长？为防止它晚上把蛋下到外婆的鸡窝里，只要发现它有下蛋的迹象，我就将它关进笼里。

外婆的房前屋后全是菜地。地里种植着各种蔬菜，豆角、茄子、白菜和卷心菜，那时的蔬菜特别爱长虫子。我就从菜叶上捉来各种虫子，装在一个瓶子里，等瓶子装满了，就拿去喂它。当然别的鸡也会赶来抢吃虫子，我就用竹竿将它们打飞。我的鸡受到别的鸡从未有过的待遇。它和我的关系也就变得密切起来。一段时间里，它很乖顺，尽管我一直没见它下蛋。

一天下午，我去给鸡喂水，发现鸡不见了，我到处找，也没有它的影子。外婆说可能让哪个公鸡领跑了或者让黄鼠狼叼去了。我便到房后的坡地上找，找了半天，外婆的黑公鸡找见了，却没有找到我的田小毛。我还搜寻了堆积如山的麦秸秆和附近院墙边的几个墙洞，但仍然没找到。

田小毛没了影子。我想它一定遭了不测，说不定真让黄鼠狼或者狐狸吃了。

一个黄昏，外婆在外面大声喊我。我奔出来，突然听到一阵“唧唧”的鸣叫声。猛一回头，发现我的鸡从牛棚那边缓缓朝这边移动着，身后跟着一群毛茸茸的小鸡。

我和外婆都惊呆得成了木人。估计活了大半辈子的外婆从没见过这样的阵势。

我们在牛圈后面的一堆草料里发现了它的窝。

它在那里悄悄下蛋，悄悄孵出了一窝“孩子”。

那只名叫田小毛的鸡成了村里的“名鸡”，很多人都来观赏它，夸赞它是一只“奇鸡”。我一直没舍得卖掉它孵出来的小鸡，因此也没穿上塑料鞋，但心里却美滋滋的。

九十九

田小毛患上了红眼病，她妈妈没有带她去董仙婆那里吹蜂蜜，而是给她请来了一位“神医”。“神医”是个清瘦的老头，脸被一张皱巴巴的皮包裹着，深陷的眼睛显得格外有神，像个古人，不停地用手抚弄下巴上的那一绺花白的山羊胡。她妈妈生怕怠慢了这位尊贵的客人，立马端上茶，奉上烟，还说了好多客气话。

“神医”坐下来，边抽烟边仔细琢磨田小毛的两只红眼睛，随即说：“这娃撞见红人（红人是指因流血过多而死亡的人）了。”并让她妈妈拿来一根麻绳、一支笔、一张纸。他用瘦骨嶙峋的手在纸上画了一个人，然后将麻绳点燃，戳向纸人的眼睛，直到把小人的眼睛烧出两个洞才松手。他把那张纸折叠起来，递给田小毛，并嘱咐她一定要在身上装够七天，最后，又对着田小毛的眼睛吹了两口气后才宣布治疗结束。

之后，我很好奇地问“神医”，问他田小毛究竟撞见了哪个红人。老头竟一句“天机不可泄露”搪塞了我。

一〇〇

蓝贞半夜里来喊我，说刘家洼的阿芳吃了鼠药，死了。我赶紧穿衣下床，和蓝贞一起跑去看阿芳。阿芳确实不省人事，显然死了。很多人围着阿芳的床哭。

不过，第二天，阿芳又活了过来。

我和蓝贞、田小毛常常去看她，事实上，我们都想从她那里听到一些神秘的东西，毕竟她和我们不一样，她死过一次，去过一次阴间，那里是不是非常黑暗而可怕。

有一天早上，我和蓝贞在河边洗衣服时，碰巧阿芳也来了。阿芳那天心情好，洗完衣服后坐上一块石头略加休息，在我俩的再三追问下，她终于给我们讲了她死后去的那个地方。

阿芳说她去了一个不知名的地方。她日夜兼程，几天几夜才赶到了一座桥边，又饥又渴，突然看见桥边有一个老婆婆在卖绿豆汤。她准备讨碗绿豆汤解渴时，顿时看到了从桥的另一头走过来的她的母亲。十年生死茫茫，突然见到久别的母亲，阿芳又惊又喜，扑上去抱母亲，却见母亲阴沉着脸，对她冷若冰霜，还呵斥她不要往前走，赶快回去。她说她千辛万苦好不容易才走到这里，再说，要回去何等艰难，路途遥远，幽黑如漆，她已辨认不出回去的方位。她恳求母亲能让她留下来，可她母亲拒不接纳。母亲依然催她赶紧离开，并堵住桥头阻止了她前行的路。她万般无奈地请求母亲为她指路。母亲从口袋里掏出一只蝴蝶，递给她，说："这只蝴蝶会带你回家，接着吧！跟着蝴蝶飞回去！"阿芳刚接住那只蝴蝶，顿时身子一轻，两臂一伸竟飞了起来。蝴蝶在前面引路，她越飞越快，猛一睁眼，一蹬脚，便醒了。

这个故事只有我和蓝贞听过，我们把这个故事讲给一些人听，可他们都不相信。我也告诉过田小毛，她也不信，还坚持说除非阿芳再给她讲一遍，可阿芳只讲了一次，以后再也没讲过。

关于狼

—〇—

有一天，我们班突然转来了一个叫虹的女孩。她个头不十分高，长得却极其美丽，眼睛大，嘴巴也大，脖子又长又白，说话声音低低的、柔柔的，惹得全班男生经常给她扔粉笔头，取动物名字的绰号，比如“鹭鸶”“老鹳”什么的。可她从不计较，也不生气。

而她最怕听的一句话是：狼来了！如果你突然趴在她的耳边说：“狼来了！”她就“哇”的一声，真像遇见了狼。于是，很多男生就抓住了虹的软肋，走在路上，突然在后面喊一声：“狼来了！”虹就哇哇地哭。

我们都不知道她为什么如此怕狼，所以，看见她哭时，就骂她是胆小鬼，还吓唬她狼最爱吃胆小的人。于是，她哭得更猛烈了。

她的弱反衬出了我们的强。于是，我和田小毛商量，决定重点保护她。

虹就在我们的保护中成了我们的朋友。

虹说她之所以怕狼，是因为她差点让狼叼了，如果不是一个“黑帮”救了她，她早就让狼吃了。虹说一个晚上，她放学回家的路上，遇见了一只狼，那只狼爬上她的背，正准备咬她脖子时，一个手持拐杖的老头过来了，老头手里的拐杖朝狼肚子上一戳，狼就吓跑了。

我们纷纷羡慕起那个老头来。那个老头是谁呀？那么厉害，能用拐杖戳跑一只狼。虹说那个老头叫“黑帮”。村子里大人都不跟他说话，大人也不让小孩子们跟他说话。虹说那个“黑帮”挺可怜的，总想和小孩说话，可大人都不让小孩理他。

我们问她啥叫“黑帮”，虹说她也不知道，但她妈妈知道。她妈妈说“黑帮”就是不听毛主席话的人。

虹只待了半学期就走了。她说城里的狼跑乡下了，城里不再有狼，她要回城里了。

一〇二

一大早，三外婆给我送了块红薯面做的馍馍，脸笑得像一颗干核桃，还捡了一大堆好词儿来夸奖我。我立即明白了她讨好我的缘由。

晚上，电影队要来放电影了。

三外婆最喜欢看电影。一部同样的电影演十遍，她都要赶去看十遍。可她脚小，走不快，也搬不动凳子，她看中了我的耐心和劳力。我每次给三外婆搬凳子前，都能获得一点额外的好处，比如两个核桃、几个柿饼或者一把炒豆，但前提是必须陪她看完电影，再搬着凳子将她护送回来。

这一次，我得到的是一块馍馍，心里略不爽。红薯面馍是用干了的红薯渣做的，看上去跟牛粪坨一模一样，一般情况下，人们很少在公众场合吃那玩意儿。

我不想接，三外婆就说，里面放了糖精，甜着呢。

吃了三外婆的馍馍，嘴里甜了半晌子。

晚上，太阳刚落，我就吆喝着三外婆去看电影。

那晚上映的是一部演了很多次的老片《奇袭白虎团》。我们紧赶慢赶，都没占到合适的位置。没办法，只好将凳子靠在土墙边。

我和三外婆并肩坐着，背靠着土墙。土墙上面是玉米地。

电影演到紧要处时，三外婆用力地拧了我一下，然后说："二丫，你眼睛尖，快看墙上头坐的不是人吧？"

我转过头，朝墙上一瞅。我的妈呀！五只狼大大小小，排成一排，像是一家子。它们和人一样，也在看电影呢。

我吓得大气都不敢出，生怕生理上的微弱变化都会惊

关于狼

扰了认真观看电影的狼，使它们一惊之下扑到我们头上，把我们咬死。

“狼——狼——”

我的声音在颤抖，双手紧紧抠着三外婆的膀子。

电影里恰时传来一阵“吧吧——”的枪声。听到枪声的狼警觉地抬起脑袋，观察周围的动静。

突然，电影里又传来一阵炮声。炮声无比的大。

炮声救了我们。只听“呼啦”一声，几只狼一起窜进了玉米地里。

我和三外婆看到狼跑了，才扯着嗓子大喊：“狼——狼啊——”

一大群大人孩子闻声赶过来的时候，狼早就跑了。我们使劲解释，那些人怎么都不相信，还说我们撒谎。这些人真是不识好歹。

“会不会看错了，或许是狗吧。”三外婆辩解说。

“绝对是狼。狼的嘴大，像瓢一样。”

在我的记忆和印象里，狼的嘴巴大得如同山洞。

那晚，我没敢回家里睡，跟着三外婆到了她家。三外婆一到家就紧关房门。我和三外婆抵足而眠。

第二天，三外婆说我蔫得像条死蛇，一准儿是让狼把魂吓丢了。

三外婆让我坐在门槛上。她从厨房里取来笊篱，在我头上一挖一舀的，嘴里念念叨叨。

三外婆在给我收魂呢。

一〇三

不久，村子里真来了狼，来了许多狼。一个叫树根的男孩让狼咬死了，这件不幸的事让村民万分惊恐。

树根说话结巴，有点智障。那天早上，天下着雨，树根去村外的代销点买火柴。他的脚上本来穿着一双母亲刚刚为他纳的新布鞋，可他怕泥水弄脏了新鞋，于是便脱下新鞋，提在手上，打着光脚板走路。那时，孩子们穿新鞋，遇见雨天都会把鞋脱下来，提在手上，为的是省鞋。他是在没穿鞋子的状态下遇见狼的。狼迎面而来，他转过头就跑，狼就追。狼追他时，他没穿鞋，自然跑不快。狼就跟他玩，用两只前爪抓他的两个肩膀，抓着抓着就将他压倒在地，咬断了树根的喉管。

多年来，我一直在想，假如树根脚上穿着鞋，那么他就有可能逃过那一劫。他当时已经十二岁了。不少孩子小时候都被狼袭击过，他们都成功地脱离了被狼叼的危险。

大人们都说，狼其实是胆小的动物。它叼孩子是因为饥饿，不然，它是不会吃人的。人见了狼，只要弯下身，在地上捡石头，边捡边大声喊“打狼啊——”，狼就吓跑了。狼什么都不怕，只怕人类向它扔石头。

我曾经独自一人走在回村的路上，两边是密密麻麻的玉米地。我心生恐惧，想着假如遇见狼该怎么办。

我正想着狼的时候，狼果真就出现了。它是从旁边的玉米地里出来的。

那是一只很老的狼。身上的肉松松垮垮地耷拉着，走路无精打采。我捡起石头掷向狼，一阵号叫："打狼啊——"狼爱搭不理，慢腾腾地钻进了玉米地，而我却吓得不轻，拼命朝家的方向跑，如同狼在后面追似的。

一〇四

换群是村里的放牛娃。有一回，他在山上找水喝，在一个山洞里发现了四只小狼，他顿时高兴得手舞足蹈，出于好玩，他用镰刀割掉了四只小狼的脑袋，并爬上一棵树观察母狼的反应。不一会儿，母狼叼着一只野兔觅食而归，老远发出叫声，温柔地呼唤窝中的狼宝宝。也许血腥味太浓，母狼老远嗅出了不祥，急匆匆扑进洞穴，低下头，吻舔小狼崽。四只小狼崽一动不动，如同糯米团。母狼嗅了嗅失去脑袋的小狼，顿时声如雷吼，疯了似的扑向洞外，蹿出了一丈多高，嗷嗷的哀鸣声回荡于山谷中。换群吓得腿脚稀软，大气都不敢出，紧紧搂着树身一动不动，在树上待了两天才下来。换群被吓着了，回家后害了一场重病，险些丢了命。

村子里不久就闹起了狼灾。一到黄昏，大狼领着小狼，排成一行，缓缓走动。有的伸长脖子，嘴巴朝天，呜呜地哭；有的低着头，低沉哀鸣。狼能模仿人类哭出各种声调，哭腔有粗有细，时高时低，充斥着幽怨。

狼窜进农家的羊圈、猪圈，洗劫了猪羊。它们甚至能吃掉村民挂在屋檐下的柿饼。狼有一次把我们生产队养的十几头猪拉了个精光。

村民大惊。连一向从不信邪的队长也慌了神，抱着脑袋在村子里转悠，好几天都不说话。当人的力量不足以改变现状的时候，他们就开始宿命论了。人们普遍认为狼是土地爷喂养的狗，一定是有人对土地爷不敬，得罪了土地爷，土地爷放出了他的狗，来报复人类了。人们纷纷开始给土地爷修庙，前后一个多月，村子里的旮旮旯旯修了二十多座土地庙。

一〇五

很快，狼把爪子正式伸向孩子。当狼的力气不足以对付大人的时候，孩子则首当其冲。狼叼走了一个名叫结实的男孩，男孩那晚正和母亲面对面蹲在茅坑边拉屎，一道黑影瞬间一闪，孩子就不见了。狼不久又叼了一个女孩，却又放弃了小女孩，不是狼的力气不够，而是小女孩勇敢地用手扣住了狼的一只眼睛，估计把狼的一只眼睛扣得看不见路了，狼便松了口，丢了女孩。女孩虽捡回了一条小命，可脖子上却永久性地烙下了几道狼的牙印，还无辜地获了一个“狼剩”

的绰号。

人人惊恐不已，不等太阳落山，大人们便四处呼唤孩子们回家。天一擦黑，就紧闭房门。

我妹妹有一次出去玩，太阳快下山了还没回来，母亲就让我去找。我找了半天没找到，便回来告诉母亲说，妹妹可能让狼拉去了。母亲朝我的嘴巴就是一巴掌，神色慌乱地冲出院子，大声呼叫我妹妹。

一〇六

人们虔诚地祈祷土地爷赶快把自己的狗收回去。祭拜土地爷需要祭品。土地爷只吃两样东西，猪头肉和烧酒。在那个缺粮断顿的年月，猪头肉和烧酒都不容易弄到。

但也有人不信这一套，尤其是村里的青壮年男人，只要听到“打狼呀！”的呼叫声，便纷纷操起家伙一跃而出，将整个山头团团围住。他们拿野兔子、野鸡做诱饵，试图用雷管、炸药、夹子来消灭更多的狼。

而狼总是老奸巨猾。它们成功地吃掉人类的食物却躲过了被夹住的危险。壮年男人不久又成立了一个剿狼队，村里除了一个名叫三魁的人没有响应外，全体男人都加入了剿狼队的行列。

他们在一起商量如何打狼。狼是铁头、木尾、豆腐腰，打狼不能打头，一定要打腰，其次是尾巴。狼的头坚硬如铁，再打都打不烂。

一〇七

张武从部队退伍回来了，他是部队里的狙击手，枪法百发百中，获得过“战斗英雄”的称号。他是带着大红花回来的，村里男女老少列队，迎接英雄凯旋。大队长为他佩戴了一朵大红花，并当场分配给他一项新任务：打狼，又给他配备了枪支弹药和几个打狼助手。

张武第二天就开始履行新的职责，宣誓要像在战场上消灭敌人一样消灭村子里的狼。

张武带着助手天天寻觅于峁岭和山谷间，每天都能打死好几只狼。他将狼的尸体拉到公房的道场上，作为战利品让人参观。

就在张武为自己的战果沾沾自喜的时候，村子里的狼突然消失了。他再也没有遇见过狼。有人说狼让张武吓得躲起来，不敢出来；有人说狼集体迁徙了；也有人说狼可能就那么多，全让他打完了。可不管怎么讲，张武再也没碰到过一只狼。村子从此不再有狼。

一〇八

三魁小时候没少遭遇狼的袭击。他曾和狼搏斗过好几次，但他并没有跟狼计较。他说，狼是野虫，计较也没有用。

有一天，他从集市上买了一只小猪，装在挎篮里往家背。刚进沟口，顿觉内急，便放下装着猪的挎篮去撒尿，撒完尿折回，没走几步，又内急，这次是想拉屎，他又朝远走了走，找了个僻静的地方蹲下来拉屎。刚蹲下，他挎篮里的小猪突然“吱”的一声叫，他提着裤子赶忙往挎篮跟前跑，挎篮里空空荡荡，小猪让狼叼了。三魁看了看空了的挎篮，叹了口气，又返回原地继续拉屎。

三魁的想法显然不合时宜，在那个普天打狼的年代，很多人都把他看成另类，他成了一个孤独的人。

三魁一个人独来独往，除了在生产队上工，闲暇时便扛起锄头侍弄自己的自留地。

一个早上，他正要给地锄草，突然看到地中间一个堆起来的高高土凸。三魁寻迹查看，用锄头刨掉上面的土，发现土堆里埋着一个毛茸茸的猪头。三魁知道那是狼储藏的食物。狼是最懂得节俭的动物，吃东西从不一次吃光，总要留点儿以备不时之需。三魁仔细观察猪头，顿时喜从心来。他想那说不定是狼给予他的馈赠。狼吃了他的小猪，这次是来报恩的吧，他把猪头提到河里洗净，拿回家里烹煮。

村子上空顿时弥漫着一股股猪肉的清香，随风一缕缕飘进饥饿者的鼻孔。当馋嘴的孩子和众人的目光开始向三魁门前靠近的时候，三魁的猪头差不多已煮好了。三魁没有动那个猪头。他把猪头拿到村头的土地庙，供奉到了土地爷的泥像前。

那个猪头在土地爷前放了不到半小时就被一群饥饿的孩子抢去吃了。

可土地爷不仅没计较，反而显了灵。

村子从此不再有狼。狼说消失就消失了，几乎是一夜之间的事。

狼去哪里了？土地爷一高兴果真显了灵，把他放出去的狗收回去了吗？三魁说那是不靠谱的说法。他说狼迁徙了。是他亲眼看见的。他向很多人描述他亲眼看见的狼集体迁徙的全部过程，尽管一些人都不愿意相信。

三魁有一天早上去山上割草，登上山顶，突然看见山底下一个叫吴家沟的山谷里聚满了黑压压一大片的动物。他朝山嘴子边缓缓移动，试图辨别清楚。他终于看清了，那是狼群。狼从四面八方赶来，集体会合，大大小小不计其数，一只领头狼正站在队伍最前面，给狼群讲话，恰时，天上正好有一架飞机飞过，狼群全都抬头，仰起脸，齐刷刷朝天上望。

狼群随后集体迁徙了，队伍浩浩荡荡，场面神秘而宏大。

一〇九

父亲几年后又和母亲、妹妹一起回来了。这次他们都显得很高兴，因为父亲遇见了双喜临门的事：他摘掉了“右派”帽子，还完成了学习班的学业调进了县城。外婆家离县城不远，看样子，他们要和我们永久性地住在一起了。

我喜忧参半。

而父亲显得尤为激动，他带回了花生、水果糖，分给我们一人一把。我把水果糖装在兜里，给伙伴们炫耀，和我关系好的，我就分给他们几颗；和我关系不好的，我就让他们闻一下糖纸。我还将小石头包在糖纸里，做成跟真糖一模一样的假糖，糊弄和我关系最不好的人。

父亲从不站在我的角度想问题。他把糖拿到院外，见孩子就发，也不问他们和我的关系怎样。

我在糖纸里包了一颗石头，造出了一颗跟真糖一模一样的假糖，我将假糖丢在路上，躲在暗处，观察别人捡到假糖后的反应。结果，我发现，首先捡到假糖的人竟然是我的外公。

外公没舍得吃那颗糖，将糖装进了口袋，很显然，他没有发现那是假糖。估计他要将糖送给我弟弟吃。他重男轻女思想比较严重。

果真，他找到我弟弟，从口袋里掏出糖，兴奋地递给我弟弟。我弟弟剥开就吃，发现里面包着石头，就“哇”地叫了一声。我快乐得眉飞色舞。

一一〇

父亲在经历了短暂的喜悦后一反常态。他有单位，却每晚都要赶回家住。或许他在那个特殊时期的学习班里洗了脑，也或许太多的运动让他迷失了生活的方向或者什么其他原因吧，他胆小怕事，门前屋后不许种植花草，他说那是封资修小资情调；连外公嫁接的葡萄树也被他连根挖掉，刚开出桃花的桃树也被他拦腰斩断。母亲不阻止也就罢了，反而处处向着他，一辈子喜爱种树的外公显然非常愤怒。外公一气之下另立门户，和外婆、二姨、小姨住进了厦房。

家里的财产在分配的时候才显得如此贫乏。几件歪斜的家具一分为二撑起了两个家。我作为歪斜家具中的一件，名正言顺地分配给了我父母。我是那么心不甘情不愿，每晚都偷偷地在被窝里哭，希望我能睡在外婆的脚下，即使睡在外公脚下我也十分愿意。

母亲天没黑就命令我们兄弟姐妹睡觉，并和她睡在同一张床上。夏天的夜晚闷热悠长，听着厦房里传来二姨、小姨的笑声以及她们吃面条的吸溜声时，我就睡意全无。而我们晚上很少吃饭，母亲才不愿意去做，她说，睡吧，饿了就睡，一睡着就不饿了，晚上睡觉前不宜吃饭，吃了肚子里长虫子。

我们睡觉时不能随便翻身，屁更是不敢随便放。我有时实在睡不着在床上多翻腾几下，就被母亲狠狠地踹上几脚。她有一次心情不好，一脚将我踹下了床。

我无忧无虑的童年从此正式宣告终结。

——

母亲有一天心情突然好起来了，让人感到意外。她的脸上闪着少有的喜悦之光。母亲说她要当“赤脚医生”了。

大队办来了一些人，把一个药柜抬进母亲的卧室。里面装了大大小小的药瓶子、注射器、酒精、红汞、紫药水和药棉。为了能正确地使用这些新鲜玩意儿，母亲被派往县卫校接受培训。

赤脚医生
赤脚医生
赤脚医生

培训期并不长，三个月时间，母亲就出师了，成了一名医生，一名赤脚医生。

工作组发给她一个棕红色的皮药箱，上面写着“赤脚医生”几个大字。母亲出诊时常背着药箱，显得年轻而有活力。

母亲天天给村里人看病，取药，打针，常常在漆黑的夜晚，提着灯笼去很远的地方替人接生。我们都希望母亲常常能给人接生，这样，她回来时，口袋里就能装几个煮熟了的鸡蛋，那是主家为答谢母亲而赏给她的报酬。母亲一走进家门，就会把鸡蛋掏出来，分给我们一人一个。

不过这点光是不能白沾的，嘴里的蛋味还未褪尽，我便被母亲唤去干活了：煮针！

一声命令下来，我得赶紧进厨房煮针，因为可能有病人来打针了，正在外面等着呢。

那时，所有病人打针都使用同一个注射器、同一个针头，只是一定要放在锅里煮，煮够二十分钟以上。母亲每次把用纱布包好的注射器和针头放进锅里时，都要在灶台上放一个钟表，让我看着表上的分针。

我是那样的听话，没人给我解释，注射器和针头为什么一定要煮够二十分钟，而我完全能偷懒，能撒谎，那样，一来可以节省一些柴（煮针的柴也是我从地里捡回来的玉米茬），还可以早点儿出去玩。在这一点上，我似乎有与生俱来的责任心，我总是能将锅里的注射器和针头煮到二十分钟以上。

母亲每天给病人打几次针，我就煮几次针，好像是约定俗成的。病人来了就打，打完就走，从不说一句感谢话，那是人们共同的习惯。

一一二

有一个寄居在我们村里的女人，不知患了什么病，总是在每个黄昏时分前来打针，打盘尼西林。她从不说话，一来就进屋，往床边一趴，早早解开裤带，裸露出两个黑色的屁股蛋。母亲说那姑娘好像从来没洗过澡，屁股上结了厚厚一层黑痂，于是，母亲在给她打针之前，总要花费很长时间用酒精给她擦出一片干净的地方才能下针。她打了两个月的盘尼西林，屁股上的针眼跟马蜂窝一样密了。

我无缘无故地将她屁股上的针眼跟英雄黄继光胸膛上的弹孔联系到了一起。黄继光为了把红旗插上 5979 高地，用身体去堵敌人的枪口，胸膛上被子弹穿过的弹孔像针眼一样密。

我把这话说给母亲听时，她没忍住笑，于是给了她一个建议，让她把屁股也当个事，至少偶尔也要像洗脸蛋一样洗一下。

再次来时，她终于开了口，说，昨晚她到河里，洗了，洗得白白的了。我也赶紧进去观看，发现，她的两个屁股蛋确实洗白了点，但屁股以外的地方依然是黑的。

一一三

母亲除了给人取药打针外，还给猪打防疫针。春天是给猪打防疫针的季节。母亲带着两个壮劳力，挨家挨户给猪打针。

给猪打针的针管又长又粗，一村子的猪只用一个注射器，注射器和针头也不用煮。我还发现，给猪打针也不用消毒，两个人将猪制服，抓住猪耳朵，提起来，猪吱吱地叫几声，显得很舒服的样子，我母亲就在猪耳朵背后一扎，注入一点儿药水就可以了。

人比猪娇气多了，每次打完针还要消毒。我问母亲，给人打针不消毒行吗？母亲说，当然不行，不消毒的针打了病人会死的。这可把我吓坏了，于是，我煮针更认真了，由原来的二十分钟煮到三十分钟。

一一四

就在那年春天，在通往胜利生产队的乡间小道上，庄严地走来一支队伍。队伍由二十多个背长枪的民兵组成，他们身着绿军装，头戴五星帽；一群身披黑纸衣，头戴纸糊的“二尺五”高帽的人被他们镇压着，在锣鼓声中游乡。田小毛她爹走在队首，我外公走在队末，后面跟着一大群看热闹的大人小孩。我和田小毛都觉得好玩，就奔跑过去讨要各自家人头上的尖顶帽，我们俩的屁股分别重重地挨了一脚。我也记不清那一脚出自外公还是外公以外的人。而田小毛比我还惨。她被她爹一脚踹下了路边的水沟。懵懂中，稍稍意识到，可能有不祥的事降临了。

果真，大字报铺天盖地，贴满了外婆的前门后院。外

外公

公的水烟袋、茶壶被抄家拎走，一个祖传的青花腌菜坛子由于过重，没被抬动，被人一砖头拍下，落了一地残片。外婆四处打探消息：外公犯了何罪？

真相很快大白。外公游乡的原因是家里吃喝宽裕，没有人外出行乞。外婆立即将柜子里的粮食磨成面，一日两顿油煎火熬，做凉面、油膜等各种食品好吃好喝款待造反派头目。夏天，外婆熬出一锅绿豆冰糖粥，放在方桌上，笑吟吟地对他们说："你们今天辛苦，累了吧？天热，喝碗绿豆汤压压火气？"

那些人连一句客气话都不说，端起碗就吃，吃饱喝足后还在我们家的炕上睡一觉。不过，填饱肚囊的造反派最终因羞赧而放弃对外公的关押和审判。

外公获得自由后对外婆很感激，只是他生性脾气倔，不好意思向外婆表达。

厄运结束后，家里已经揭不开锅了。好在外婆从地窖里扒出了一斗她提前藏匿的谷子，家里人又躲过了一场饥荒。

一一五

外婆把各种豆面掺和到一起，熬粥，大铁锅下跳动着橙红的火焰，锅里的粥又黄又黑，沸腾后冒出一股股热气。

门口来了个乞丐。外婆走出去打发乞丐。她刚离身，我就开始不间断地往灶洞里塞柴，可火不仅不旺，还冒出了一股黑烟。外婆回来时，灶洞已经被我折腾得不像样子了。外婆一边用火钳戳火，一边责备：火心要虚，人心要实！

几天后，外婆摔了一跤，折伤了一只胳膊，很长时间都洗不了衣服。一堆衣服醒目地堆在墙的拐角处。我灵机一动，不如帮她洗了这堆衣服让她心里乐一乐吧！

我将衣服提到河边，学着她的样子在水里摆了又摆，然后搭到后院的晾衣绳上。外婆奖励了我一个煮鸡蛋还逢人就夸我勤快，我心里乐滋滋的，决定以后一直帮她洗下去。可那天黄昏时分，我看见外婆把我洗过的衣服又拿到河里重新洗了一遍。

那一夜月亮很圆，月光透过窗户，洒到我的床上，我很久都没睡着。

一一六

和外婆相比，外公的文化程度显得低了一大截。外婆上过私塾，能背诵很多戏文，会讲狐仙鬼怪故事，外公似乎只认识他的名字和一些阿拉伯数字。但外公也会讲故事。外公讲的故事多半是他亲身经历的，这更增添了一些神秘感和亲和力。

外公一遍又一遍地讲那个他遇见路神的故事。

有一天早上，外公嘴里叼着长长的烟袋锅，行走在林间小道上，突然，一个蘑菇状的东西从路上冒了出来。外公不知是何物，左看右看，也看不出名堂，便用手中烟袋锅朝那个东西敲去，只听“啾”的一声，那东西冲上一丈多高的高空，跟冲天炮似的。外公说，那是路神，他遇见路神了。

外公还会一些谜语。他带我和小姨上山砍柴时，不时地给我们出些谜语让我们猜：指头蛋大一个盆儿，叫你今儿猜到明儿。打身体一个部位。谜底是肚脐眼。一个庙，两头翘，只拉屎，不尿尿。打一动物。谜底是鸡。

一一七

外公在他的自留山上种了一些漆树。漆树是既可恨又可爱的树。可恨，是因为皮肤过敏的人绝对不能碰它，一碰，浑身上下就起红斑，肿痒无比，有的人看漆树一眼都会过敏。但就这样一种树，全身都是宝。外公不怕漆树，于是，漆树对外公来说就是宝贝树。

外公常带我和小姨到山上割漆。我们都怕漆树，不敢走近，只能站在远远的地方观望。

外公手拿弯刀，将漆树的皮割出一道道口子，白白的浆液就从口子里流出来。外公将浆液收进事先预备好的葫芦里，不一会儿工夫就割了满满一葫芦的漆。

这些白色的浆液很抢手，很多打家具的人都争着买外公的漆。那种白色的浆液只要往家具上一涂，家具就会变得十分明亮。

秋天是收获漆籽的季节。外公爬到漆树上把一串串漆籽打下来，加工，再拿到油坊压榨，就压榨出漆油来。

那时，生活艰苦，漆油就成了各家各户做饭用的食用油。漆油一热就融化，一冷就结成了坨，硬邦邦的。漆油可炸馃子，也可以炒菜，吃在嘴里木木的，但不能多吃，吃多了黏嘴，连肠子也给黏住了。吃了漆油炒的菜后不能喝凉水，喝了肚子疼，漆油一见凉水就把肠子黏住了。

外公说，漆树跟人一样。有缺点，更有优点。缺点少而优点多。

一一八

外公家的院落前，长着一棵三人合抱的老柿树，高十丈余，树身硕大，傲立挺拔，遮住了一片天。没人知道它的年龄，据我外公说，他记事时，它就那么高，那么大。

老柿树是我儿时的伙伴，柿树叶子圆润油亮，层层叠叠，像一把巨大的油纸伞，遮住了半个院子。我们坐在树荫下编织草帽、剥土豆，躲在树后吓唬暮归的大人小孩。老柿树给我们带来无限快乐的同时，也带来过不少的麻烦，于是，我外公总说它像一个淘气的孩子，让人既爱怜又痛惜。

单说这爱吧，从夏到秋，柿树便诱惑着每一个行走在树下的人。仅那些从树上落下来的红艳艳的灰包蛋柿就解了不少人的饥渴。

老柿树从不歇枝，年年枝繁叶茂。秋季柿子成熟时，外公就慷慨地唤来左邻右舍，让他们随便摘，随便拿。生活在大树周围的邻家都得了树的恩惠，门前房后挂着一串串红红的柿饼、柿皮、柿轱辘。而我外公则在最后才收拾残局，将那些碰烂了的没人要的柿子统统压进一口大瓮，预备酿制春节的“年酒”。柿子酿出的酒浓郁、醇香，是逢年过节招待贵客的“家宴陈酿”。

外公将酿酒的日子选在腊月二十三，这天家家户户过小年。不少人都赶来喝刚刚出锅的烧酒。男人们个个喝得满脸通红。酒喝多了免不了生是非，一些在心里结下梁子的人都想借酒泄气，于是便打起了架，有时打得头破血流。我外公说酒不是好玩意儿，不请人家喝吧得罪人，请吧，招来是非，外公一气之下让柿子的功能发生了转换。他从此不再酿酒，改为酿醋。外公酿出的柿子醋远近闻名。酿醋时节大多在春天。外公的后院里蹲着十几口压有醋糟子的“八斗瓮”。外公请来帮手和他一起酿醋。醋的香伴随着花的香弥漫在院子上空，好闻极了。那里面有外公的味道。

一一九

那棵给我们童年带来无限欢乐的老柿树又被大人们称为“烦恼树”。因为老柿树除了招来各种鸟儿在上面筑巢外，也招来了猫头鹰。猫头鹰向来被视为“凶鸟”，只要它一叫，村里定有人驾鹤西归。这几乎很灵验，为此，我外公经常在冬夜里，披衣下床，扛着竹竿出门，驱赶停留在树枝间叫声沉闷恐怖的猫头鹰。老柿树因此也披上了一层神秘的外衣。说谁在夜间从树下过，朝树根浇了一泡尿，结果闹了一夜肚子；谁将坠落在树下的鸟窝捡回家煨了炕，没过几天房子便着了火。更为不幸的是有一回，一个男孩上树摘柿子，逗惹了隐藏在枝叶间的一个马蜂窝，被马蜂蜇得坠下了树，摔得不轻。他刁蛮的爹带着人马、锯子、刀斧恶狠狠地赶来伐树。一村人都来看热闹，我外公搂着树身说：“要砍就把我也砍了吧！”记忆中，那些大人们因树吵吵嚷嚷了一个下午，我外公外婆给那个小孩送了半年的饭。

不过，也有不少美好的传说。情窦初开的男女碰巧在树下相遇，他们的爱情便能生根发芽，结成正果；从树下经过的准妈妈被柿花击中了头，定会生出个漂亮的女娃娃，被落下的柿子击中，一定能生个男娃……

这些传说让人们对老柿树更多了几分敬畏。

我外公常说树木不老，人易老，人亦变。

外公的话果真很准。家乡在外公外婆去世后一夜巨变。村里有劳力的人家全都外出或打工或安家，只有为数不多的老人留了下来，和古柿树一起见证着世间的沧桑。老柿树上的柿子也不再为人稀罕，一到秋天，成熟的柿子随着落叶铺满泥泞的小路，树下一片狼藉。

外公的家也换了主人。新主人是我的一个远房舅舅。他对老柿树还一无所知，一搬进去就扬言要砍掉遮住了院子阳光的老柿树。他给老柿树列出了五大罪状，消息传到我耳朵，我的心犹如针扎。我在哀伤的同时又默默在心里为老柿树祈祷了一番。

半年后，出差路过家门，忐忑地将头伸出车外，将目光落在老柿树的地方，心突突地跳，想偷偷看一眼那棵长在我心中的树是否尚在人世。

老柿树依然昂首挺立在那里。我顿时乐坏了。哪路神仙保佑啊，我儿时的伙伴没有被砍。它还在。我像拥抱久别的亲人一样，冲出车门，奔向老柿树，紧紧搂抱，隐约瞥见舅舅一步步向我走来。

我诺诺地询问老柿树没有被砍的原因，听到的却是舅舅做的一个梦。

老柿树被砍的前一天晚上，舅舅做了一个梦。梦中，他看见黑色的天空闪出一道光，顿时狂风大作，树干和树枝摇摇欲坠，仿佛在与风暴对话，他听不懂它们的对话。

突然，一声巨响，老柿树倒向一边，强风吹来，异常剧烈，整幢房子摇摇欲坠。

他在里面吓坏了。天呀，如果大树倒向他的房子，家毁人亡就在眼前。

他赤身裸体奔出门，向大树喊：别倒下去，坚持住，你会挺住的，你不会倒的。他伸出双臂将其抱住，设法将它立稳……树枝在风中摇摆，呜呜咽咽的，像在哭泣。突然，树干剧烈摇晃，脚下的大地在抖动。此时，梦醒了。

以为是地震，舅舅从床上爬起，直奔窗户，推窗望去，外面风平浪静，老柿树依然安静地站在晨光中，他的心才缓缓放了下来。

舅舅说，他砍树的念头在梦醒之后就断了。

我想，那一定是我外公替老柿树给你托梦呢。

一二〇

我出生时，外婆年仅四十六岁。那一年，她生下的最后一个女儿刚刚夭折。家里死了一个丫头又添了一个丫头真让人丧气，为此，我外公很长一段时间都不大搭理我。我一直想，假如我是个男孩，外公不知是什么表情。我外婆说我一定是她死了的那个丫头转世的。毕竟隔了一辈，她对我还算不错。那时，我外婆的奶水还没有断流，我母亲年轻，总觉得我是个包袱，不会管理孩子的事，我便在外婆的怀抱中一点点长大，夜夜抱着她葫芦一样的乳房拼命吮吸，在她的故事和童谣声中入梦。

一二一

外婆最感自豪的是她有一位身穿朝服，头戴红缨帽，在县衙供职的爹。她爹让她上了私塾并毅然地阻止她缠脚。于是，她从小就与那个时代格格不入。她没有缠足，属于“大脚片”一族。童年的自由导致了她婚姻上的连连挫败与不幸，她的脚因不是“三寸金莲”而备受男人的侮辱和低看。

外婆九岁时，她的生母就病逝了，其父随即续弦，且不问家事。外婆的继母将她拽出私塾，回家学女红，十二岁不到就被逼嫁了，嫁进了深山。据说从没见过山的外婆从婚轿上下来，看见四周全是黑黢黢的群山时，顿时哭昏了过去。

外婆十五岁时被丈夫一封休书休回了娘家。休金为十一个铜板。理由是脚太大。她幼小的心灵受过怎样的创伤，对此，她三缄其口，只是常常向我说起她的父亲，那个曾给他们整个家族带来荣耀的人所经历的爱恨情仇。她每提起她的父亲时，眼睛里总闪烁着自豪的光芒。

外婆十六岁时第二次出嫁，被许配给了高家庄一个中等的庄户人家——我的外公——一个勤劳，但脾气暴戾的人。

外婆住进杨家院子，十年未能生育。妯娌们的肚皮瘪了又圆、圆了又瘪，永不停歇，只有她的肚子毫无起色。讨媳妇是为了传宗接代，不能生育的媳妇又有何用？她在婆家的地位排到倒数第一。除了繁重的家务活外，她还得轮番伺候两个给整个家族传香火、续家丁的妯娌，照顾她们所生的孩子。外婆眼巴巴地望着她们潮起潮落的肚子羡慕不已。

二十六岁时，外婆突然热怀一解，加入了妯娌们的生育大军。可命运之神又给她翻了脸。她生出了清一色的女子不说，且成活率低得出奇。生了八个丫头，只存活了三个。我母亲便是其中之一。

一二二

外婆是念过私塾且看过许多古典戏曲的人，能讲很多鬼狐妖怪故事，二十四孝、雷打张君宝的故事是她不厌其烦的主题。我对外面世界的认知以及文艺知识的启蒙和情怀，完全来自外婆的讲述。

在生儿育女方面，整个村子只有外婆一家属于弱势群体。西隔壁的三外婆身强力壮，一口气生了五男五女；河对岸刘老七从水中救出来的媳妇接连生了八个男的；东边的侯长春身患残疾，也男女搭配均匀地生下了六个，且都旺旺实实地存活了下来。相比而言，外婆家的家丁不旺，生了八个女孩，且有五个半途夭折。缺儿欠女的外婆在人前总是直不起腰杆。不过这一点也让外婆家底殷实起来。在烧火断顿的岁月里，各家各户都有去山外行乞的，而外婆家的粮食由于没有过多的嘴巴消费而慢慢地积攒下来，这则招来了不少嫉恨。那些常年妊娠反应的女人总是端着饭碗，来外婆家讨要食物，有脸皮薄的，则打发自己的孩子或丈夫来要，却总能得到外婆一碗炒面、一块豆腐或一盘凉粉的赠予。

一二三

外婆和外公的夫妻情分并不深。年轻时，外公给她的除了冷言冷语外就是坚硬的拳头。

很多年后，我总结外婆一生不幸的根源。她的不幸多半源自她的那双大脚。评判女人美丑的标准是她们脚的大与小，脚的大小也决定女人的命运。“三寸金莲，四寸银莲，五寸铁莲。”外婆的脚大约有五寸半，当属于石莲了。而外婆却设法为她的那双大脚维权，因为她的那双大脚在生死攸关的时候帮了她一个大忙，这则是外婆一生最大的幸运。

那年跑土匪，男人们全都外出种地了，各家各户只剩下老弱妇孺。午时，村口突然一声枪响，年轻的、手脚麻利的纷纷往山上跑，没跑动的统统落入土匪之手。我外婆的大脚终于派上了用场，她从炕上抱起我母亲，冲出人群，一路飞奔，像个女英雄似的第一个高高地站在山顶上。而她的两个小脚妯娌没有逃脱而遭了殃，被土匪们轮番糟蹋了个遍。

外婆在生下最后一个孩子后就同外公分居了。除了每天按时给外公做两顿饭以外，他们基本上不说话。

外婆将她所有的心思投进了她的女红活儿上。外婆善刺绣，也善剪窗花。我们家床上、枕头上到处游弋着她绣的金鱼、龙凤；窗棂上飞翔着她剪的蝴蝶、飞鸟；门帘上栽种着她刺的牡丹、百合；就连我们穿的袜子、鞋子上也被她扎进了兰花小草。她把怨恨化为祥和，用手中的针和线绣出她对美好生活的向往与期盼。

黄昏时，她背对夕阳，侧坐在蜗牛一样的纺织机旁纺线，吱嗡，吱嗡，嗡——纺织机发出的悠扬声音穿过长长的走廊，盘旋在竹林的上空。我在这悦耳的旋律中开始做着一个又一个的童年梦。

一二四

外婆虽只念过私塾，却能抱着长篇小说大部大部地读，水浒，三国，隋唐，列国志，只要能弄到手，就一部不落地一口气读完，之后还给村子里那些做着手工活的女人们讲，这倒便宜了我，以后苦读古典名著的过程完全得以缩减。

我从外婆那里得到的启蒙教育直接而简单。外婆很少教我认字写字，她给了我一本名为《半夜鸡叫》的小说，让我随便翻，告诉我不认识的字越少，学问就越大。为此我拼命问，先识：上、中、下；再识：天、地、人；后认：你、我、他。这样一年下来，我问着，外婆解答着，我竟然把那部长篇里黑芝麻一样的方块字全认完了。

外婆会一手好女红。她的刺绣，远近有名，曾作为优秀民间工艺品被县里拿到北京参加过展览。她留下的绣品并不多，都藏在黑黑柜子里面的一个黑黑的匣子里。一次，我不经意间打开了那个匣子，看那些花红得像晚霞，紫得像桑葚，那种美憋得我满脸通红，不知如何喊叫，只得悄悄放回原处装着什么也没看见。

从此，我吵闹着要跟外婆学剪纸手艺。外婆给我一把锋利的小剪刀，又给了我一张废纸，让我对折起来，说："你随便剪，先把外轮廓多余的纸剪掉，再从中心掏窟窿剪，直到剪不下去的时候，再翻开纸，就成了。"我依她说的方法剪下去，第一次就成功了。作为奖励，外婆给我一张红纸，我剪了一个桃子，中间有个桃核，我将它贴在我的窗户上，小朋友们都来参观，说，那是一颗心。

我剪了很多动物图案，它们全被我当成书签夹在书页里。十六岁我上了外语师范，比我大很多的学姐学哥都叫我"小神童"。我得意得如同游在他们中间的一条小鱼，把那些小狗、小猫、小松鼠的剪纸发给他们做书签。

很多年过去了，当年的同班同学，都已进入天命之年，可他们的词典里依然保留着我赠给他们的剪纸图案。

记得那个学期我接受了西方教育。暑假，我带着一本《圣经》回老家。从早饭后开始阅读，读着读着，竟不知不觉间睡着了。梦中突然被一阵风吹醒，却发现手中的《圣经》不见了。连忙出门，发现外婆正坐在门廊边的竹椅里，手里拿着我的《圣经》。

我赶过去，发现外婆一动不动的。我连喊几声，外婆也不答应。我赶忙喊来外公。外公摸摸外婆的鼻子，说："你外婆走了！"

我接过外婆手里的《圣经》，她翻看的那一页是巴比伦通天塔那一章。我看了好久才看到出埃及记，她却看到了通天塔！

她一定是看完这一章的文字，随着文意而登上通天塔了吧！

外婆安详离去没有让我掉泪。我想她一定去了通天塔，那里绝对比人间好。

十二岁

一二五

我十二岁的时候，个子已长得老高，和大伙儿同睡一张床就有点儿不像话，父亲决定在外面给我找间房子。

记得那天父亲和母亲说话时，样子挺神秘，让我不得不敏感地认为他们的葫芦里肯定没装什么好药。果真，不一会儿，父亲就出了门，不到半个时辰就回来了。回来时，父亲笑着的嘴巴一直没合严，我一眼就辨认出，父亲的笑很不正常。他严肃惯了，也冷淡惯了，突然对我热情让我有点儿招架不住。父亲说，房间收拾好了，今晚就搬过去住，好大好宽敞的房子啊！父亲依然对我笑，有点儿讨好的样子。

让我搬出去住，还用得着低声下气吗？他像对待公主一样待我，这引起了我的不安和怀疑。

我对自己说：小心，这里面一定有不可告人的秘密。

天刚黑下来，父亲就叮嘱我把东西收拾一下（其实根本没什么东西可收拾），他要领我去他为我找的那间房子。

那是一片荒凉的、空了多年的宅院，通往里面的是一个拱形的门，上面爬满了藤状植物，冷森森的，有些怕人。一进大门，是一排没人居住的漆黑的平房，平房淹没在高大的杂木林中，四周黑洞洞的，散发着浓浓的霉腥味。左右都是一些空着的房子，上面已结满了一层层厚厚的蜘蛛网，显然，那些全是被人废弃了的房子。

父亲用一把很破旧的铜钥匙，捅开了那间靠拐角的屋子。门是木门，沉重得让他费了很大力气才将它推开。木门“嘎吱”一声响，悠长的声音在黑暗里回荡，显得极其震耳，听上去让人后背冷冷的。

父亲把门推开后，说：“瞧，床都铺好了，你住在这里很安宁，没人打扰你学习！你十二岁，火气正旺，住这里刚好合适。”

父亲说后，把门一拉转身走了。临走时还叮嘱我说他要和我母亲同时下乡，半个月后才回来，然后头也没回就走了。

我重新关好房门，像猎豹嗅猎物一样，不放过眼前任何一个小细节。我用目光检查了墙壁、家具、天花板、地板。一圈没检查完，我就发现了几个可疑的地方。

右边被报纸糊了的那面墙上有一处黑乎乎的，留着一

那年十二岁

丝被人清理过的痕迹。靠窗户的那张破旧的办公桌里有一张男人的照片。那男人看上去最多有三十来岁，眉目清秀，瘦脸，留着齐耳的短发。我把照片拿在手里看了一遍，又看了一遍，觉得既陌生又熟悉。

毫无疑问，他曾是这间房的主人。我决定等父亲回来后问个究竟。这个人是谁？我的脑袋里突然有一块空出来的地方，它此时变得一片苍白。

待我缓过神时，我的耳畔回想起前些日子亲耳听到的一件不祥之事。

一二六

大约十几天前的一个黄昏，天色还没完全黑下去，母亲的小房间里就亮了灯。父亲从外面刚回来，神色有点儿慌乱，他向母亲叙述，死者是位当天夜里自杀的干部，三十一岁，住在单位，却自杀在一个简陋的单间里，用的是剃须刀。父亲说死者叫王书生，人挺温和的，啥坏事都没做，只因没注意戴反了领袖像章就被一帮小子拉出去批斗了三天，还给他头上扣了一顶“保皇派”的尖顶帽。保什么皇？这帮人乱给人下定义呢！他们打坏了他的膝关节，裤子都打出了好几个洞。他是忍受不了羞辱才走了这条不归路的。父亲说完长长地叹息了一声，又悄声对母亲说：“他女朋友伤心得厉害，嗓子都哭哑了，她是凭嗓音吃饭的，没有嗓音，她后半生咋过呀？”

那段时间，人们说话的声音普遍低沉，而我却听得仔细而清楚。

直觉告诉我，那个自杀的王书生一定就是这个人。我越想越怕，越怕就越觉得周围冷森森的。

我手里端着蜡烛，就这样一直站着，一步也不敢迈。我想，如果我的蜡烛突然熄灭，那个自杀的王书生就站在黑暗中。或者我的到来会给他孤寂的生活带来一丝慰藉，也或许我的无端侵入会让他不悦。我甚至闻到了一股气息，也似乎听到一个声音。那声音里充斥着一种苍凉的血腥，穿过厚厚的墙壁，在屋子的上方盘旋。

那个因戴反了领袖像章就被打成“保皇派”的人就在这间房里自杀的。怪不得父亲对我异常地好！

于是，我点了两根蜡烛，让小屋子变得更亮堂些。我再一次打量周围，打开墙壁边的书柜，里面空空的，只有两片雪白的纸。我把头伸向床底下，看看那里有没有藏着一个什么东西，但没发现什么。我又迈着大步绕房间走了一圈——没有什么。我走近窗户，木窗一直紧紧地关着，我小心翼翼地把它再关了一遍。我还在门背后放了一把椅子，这样就不用害怕有任何东西来自外面了。于是我踏实地坐下。

我似乎坐了很长时间，屋里屋外静悄悄的，一点儿声音都没有。我决定睡觉，但这张床在我看来特别可疑。所以我采取了自认为绝妙的预防措施。我卷起父亲铺在床上的被褥，将那个一坐就发出嘎吱声的木板床用力往后拉。我要把床换个位置，远离那个凶险的角落，这样，如果死者睡过这张床，他也找不着了。

我把床放在屋子正中央，重新铺了被褥，我的动作很慢，设法拖延时间，想着如果这会儿是白天那该多好。

时间一直过得很慢。蜡烛即将燃尽，我必须在它熄灭前让自己安眠。

我钻进被窝，却不敢吹灭蜡烛，将头深深埋进去，被窝里除了我急促的呼吸声和心跳声外，什么都听不见。

我的思绪随着蜡烛的燃尽缓缓进入梦乡。

那一夜，那个用剃须刀把自己割死的王书生没有来骚扰我，一切似乎是平静的。我睡得很好。一觉就睡到天色大亮。

一二七

第二天夜晚，我又重复前一夜的动作。一进屋就对房子做全方位检查。天花板、墙壁、地板、床底、柜子，我全要细心查一查。

一连十几个夜晚，夜夜如此。

但突然有一夜，我被惊醒了。迷迷瞪瞪中感到屋子里进来了一个物体。物体悄悄地一点一点接近我的床，然后在我的床边坐了下来。我还感觉到，那物体的一只手，沉甸甸地落在我的胸口上，与此同时，我的头、脸、腿和手都像是被一个重重的东西压着，压得我喘不过气来。我拼命挣脱，拼命呐喊，一声号叫，使我从湿漉漉的被窝里一跃而起。我一个鹞子翻身，“咚”的一声，直愣愣地站立在地上，我伸出手，本想辨明那物体的性质，却在本能的自我保护意识的驱使下，抡起臂膀，用尽全身力气，朝这个物体打了一拳。我立即就听到了一个熟悉的尖叫声，随着声音发出的方位仔细辨认，眼前那个影影绰绰的影子一点点清晰起来。原来，是我的父亲，他和母亲并肩站在我床前。

父亲和母亲下乡归来，就顺路来查看我的近况。父亲对他脸上挨的那一拳又惊又愕。他一声赶一声问我怎么了。我却闭口不答，只是直愣愣地盯着他的脸。等我彻底从梦中缓过神来，也确认眼前的人是我父亲时，我才跟他说了心里话：我把你当成鬼了！

父亲没有因为我把他当成鬼而生气，也没有因挨了我给的一拳而回击我一个耳光。他这次脾气略有点儿好。

一二八

一大早，我就把那张照片带回去，递到父亲眼前。父亲睡意惺忪的眼睛顿时睁得圆溜溜的。他一把夺过照片，将它撕成碎末，扔进纸篓子里，神色有些慌乱地问：“你从哪里弄出这个照片的？”

父亲的神态证实了我的猜测。

父亲不久就患了一种名叫“鬼剃头”的病。他的头发一撮一撮地脱，一块一块的红皮肤裸露出来，老远看上去，像山坡上农民烧出的荒地。

英俊潇洒的父亲顿时变了模样，熟人见了面，都说我父亲像一只脱了毛的公鸡。我的心情似乎比父亲还要低落。是那个自杀者变成了厉鬼，把父亲的头发给剃了，而他却一直没剃我的头。我的头发依然又密又黑。

父亲总在夜里突然造访，一边对我说些长胆的话，一边给我讲世界是物质的，物质的世界上是没有鬼的。

我和父亲辩论：“既然世界上没有鬼，那你的头怎么让鬼给剃了？”父亲摸了摸头，支吾着说那是一种皮肤病，不是让鬼剃的。于是，我走遍小城的所有大小药店，给父亲问医求药，买了很多生姜和药膏为父亲涂抹，却几乎没有多大的疗效。

于是，我总想捉住那个书生的亡魂，以向父亲证明世界上是有鬼的。我从此对这个鬼又憎恨又害怕起来，晚上总是梦惊，睡着睡着就无缘无故地一骨碌从床上爬起来，笔挺地站立在床上。晚上很长时间我一直清醒着，一听到外面哪怕是一点儿小小的鸟叫，也浑身颤抖。

我多次和父亲交涉，这个房子阴气太重，不能住了，让他给我另找一间房子，可父亲依然坚持说世界上没有鬼。他说：“想要不住这里，除非你能亲手抓住那个鬼，不然就得一直住下去。”

一二九

那间充满恐怖气息的房子不久就多出了一盏带罩子的油灯，不知是谁放的，我也没去追问。油灯的光驱走了夜的黑暗，也驱散了房间里的不祥之气。有了灯火，光明的时间可以持续得更长，我的胆量也随之增大了。

有天傍晚，我准备最后一次去房间看看。我被收入县运动会集训队，即将赴县城参加少年田径运动会。刚进那个拱形的门，老远便看见我住的那间房子里亮着灯。我轻手轻脚地走到门口，侧过一只耳朵听里面的动静。

里面有个女人在唱戏。灯光映衬出女人的影子和她翘着莲花指的手势。我还隐约听见一阵窃窃私语声。

到底是鬼还是人？我一时愣在那里，不知所措。我得赶快先向父亲报告，让他来抓个现成的鬼，以免他不相信我说的话。

我喘着粗气，跑回家里找父亲抓鬼。父亲却不在。妹妹说父亲到报社加班去了。父亲是报社的记者，负责重大新闻报道，晚上很晚才回家是常有的事。

我的心里空落落的。

之后，我再也没回过那间房子。我搬进了集训队。

而我暂住的那间充满阴森恐怖气息的房子偏偏让我看见的那个唱戏的“女鬼”住了。

她是王书生的女友，叫金蝉，是县剧团的名角，人长得美，戏也演得好。母亲用疑惑的口气问父亲：“这个金蝉也真胆大，热闹的地方不住，偏偏选了那个晦气的房子，你不觉得这有点儿不正常吗？”父亲没吭声，半天，幽幽起身，唇边凝聚着无声的抗议：“没有什么不正常的。只要一个人住进另一个的心里，生和死就没有太大的界限。他是住进金蝉心里了。”